치자나무에 꽃 피던 날

치자나무에 꽃 피던 날

저자 신영순

뱅크북

차례

1부 겨울 민들레

2부 그 여자의 손끝

차례

3부 신나는 노루발

<u>1부</u>
겨울 민들레

가시 상처

그대를 그리는 시간만큼 목메임도 깊어
긴 기다림 끝에 돋아난 가시
찬바람에 갈무리하네.

그대여! 내 눈동자에 고인 눈물 거두어 주오
그대여! 햇살 한줌 바람 한줌 가져 다 주오

그대를 그리는 내 마음의 가시를
눈꽃 바람꽃으로 피사체를 만들어 주오

그대, 그대여

감꽃이 필 때

늦은 봄이 서둘러 떠날 채비를 할 즈음
산골짜기 앞마당에 감꽃이 흐드러지게 떨어졌어.
떨떠름 아린 맛이 마당 가득 스며들 때
살기 싫다고 집을 떠난 엄마는 돌아오지 않았고
호미처럼 등이 굽은 할머니는
고샅길 고추밭을 오르다가
할미도 없는 사람 있느니라.
아래를 내려 보며 살아야 속이 편안 하느니라.
집 나간 며느리의 부끄러움을
호미자루마다 토해내면
열두 살 어린 내 마음은, 고추처럼 매워 졌어.
할머니의 억센 손바닥에서
호미를 놓아 버리고 누워 계실 때
온몸은 생기 잃은 시들은 감꽃이었어

가슴팍을 옴팡 썩힌 앞마당 감나무처럼
집 나간 며느리, 가슴에서 하나, 둘 부서 내리며
묵묵히 어린 손녀들 키우던 우리 할머니,
호미처럼 등은 굽었어도
달짝지근한 품속, 고단함에도 물컹거리지 않던
우리 할머니, 감꽃이 피면, 보고 싶어라.

감자, 꽃같이 환한

고향에서 주먹만 한 감자가 택배로 보내왔다.
재당숙부 성함과 함께, 종이상자를 펼치니
밭고랑에서 토실토실 누렸을 감자알들이
도시까지 오느라 정신을 잃은 듯하다.

조카딸, 사위 사업자금 보증서주고
이랑처럼 깊게 패인 주름진 이마
오뉴월 땡볕에 펴 말리시며
구부러진 허리, 한번 펴지 못하고
땀방울에서도 조카딸이 잘 살아 준다면
뭘 바라겠냐고 하시던 재당숙부
쟁기 날과 가래질에 출렁거렸던
남편의 뜬구름도 멀리 달아나고
감자알의 보조개는 너그러운 재당숙모를 닮아
하얀 유분이 우리 집 솥단지에서
맛나게, 맛나게 단내가 났다.

부모 복 없다고 울먹일 때

조카 딸 어깨를 다독이며 서류 봉투 건네주시던 재당

숙부

한사코, 내 귓전에선 딸딸딸 경운기 끄는 소리 났다.

덕분에 고향 감자밭은 항상 청춘인가보다

주먹 불끈 쥐고 있는 감자알,

우리 집은 감자꽃같이 환하다.

감자밭처럼 마음이 넓은 재당숙부 덕분에

감자 싹

고향에서 감자 한 상자가 택배로 보내왔다,
밭이랑에 앉았던 흙의 살붙이와
풀을 매어주던 호미의 숨소리와
땡볕에 떨어졌던 아버지의 땀방울과 함께

생선을 지지고
뼈다귀 우리고
감자알들이 우리 집 식탁을 풍성하게 만들었다.

어느 날, 집안 정리하다
흐느적거리는 상자 안을 들여다보니
쭈글쭈글 해진 감자알들이
고향을 향하듯 두 팔을 뻗어 올리고 있었다.
흙이 그리운 어린싹들이
타향살이 하는 내 마음 같았다.

바지게에 거름을 지고 나르던 아버지
곡괭이와 같이 지내다 등이 굽은 아버지
구멍 난 양말 사이로 보이던 부지런한 발가락
두 팔을 뻗고 아우성 거리는 감자 싹들이
종일토록, 고향 감자밭을 소환하고 있었다.

겨울, 민들레

형광등 아래 굴러다니는 먼지들 속에서
바늘 끝에 닿는 신음 속에서
한곳에 뿌리 내리지 못하고
이리저리 떠도는 씨앗들
햇살도 바람도 막아버린 현장에서
여자들은 고개를 숙였다, 들었다, 한다.
은빛바늘로 찍어낸 땀수와 땀수 사이에는
내 인생도 너의 인생도 아니건만
끝에서 끝까지 질서정연하게 꼭꼭 찍어 댄다.
인생이 헝클어지지 않도록
비탈진 무대 위에서 시름 몇 가닥 실패에 걸어두면
노루발이 까부시며 서러움도 시련도 말아간다.
하늘이 시려 세상이 눈꽃으로 변해도
뿌리 내리지 못하는 여자들은 재봉틀에 붙잡혀
조금만 웃고 눈송이에 욕심을 줄여간다.

땀수와 땀수 사이에 날카로운 생의 방식을 익혀가고
고단한 삶속에서 정중해져 간다는 것을 깨닫는다.
눈물이 난다고
세상 어디에다 대 놓고 울 수 없는 일
바늘 끝에 매달린 여자들은
세상 귀퉁이에서 고개 숙이며 시간을 견디어 낸다.

겨울 장미

양지바른 담벼락을 의지한 채
눈 폭탄, 시린 바람 맞은 붉은 얼굴
불을 지피지 않아도 항상 뜨거운 여자

잎 푸르도록 믿었던 마음
미치지 않고는 견딜 수 없었던 걸,
뜨겁지 않고는 붉을 수 없었던 걸,

그 이름 벗어나지 못하고
꽃잎 하나하나 밀어 낼 때마다
철없다. 하면서도 한 시절을 피고지고

아무 이름으로나 불리고 싶지 않아 행여나
추운계절이라도 불쑥 찾아 올 것 같아
붉은 얼굴, 그대 곁에 정 붙이고 싶어

애간장을 끓인다는 것

속마음을 태운다는 것

철없음을 통째로 익혀야 사랑으로 완성되는.......

구절초같이

봉제공장 안에
구절초같이 피어있는 아낙네들
내세울 것 하나 없다고
수줍어 퍼지는 진한 향기
눈가에 잔주름이 더 따뜻한 여자들
강숙이, 금자, 철순이, 정순이, 미자 등등
모두가 시골에서 자란 이모 같은 이름들
입 꾹 다물고 일사불란하게 움직이는 동작
부르면 부를수록 꽃잎처럼 활짝 퍼지는 얼굴들
한때는 꽃처럼 고울 때가 있었다고
혼자 피어 날 수 없어 쓰러지는 밤을 붙잡고
시린 이마를 맞대었을 때
아! 그 밤이 속일 줄이야!
아니, 그럴 수 있지
꿈틀거리는 꽃씨를 캄캄한 밤 아니고는
틔울 수 없었지.

딸, 아들 키우는데 내세울 곳 없으면 어떠랴.
아이들 엄마로 살아가면 되지.
있는 정성, 쏟아내고 나면
반가운 내일이 오지 않겠는가?
딸, 아들 알성급제 빌며 재봉틀을 돌리다 보면
우주 속에 찰나가 빛나지 않겠는가.
구절초같이

그리운 이여!

잎이 떨어진들 가을이 다 간다니
가을이라고 그대만 허무한 것인지

잎이 돋아나면 보고 싶고
잎이 떨어지면 생각나고

눈을 감아도 눈에 밟히는 것은
저 잎 말고도 그대 모습이니

나를 잊고 사는 것인지
그리움 한 소절 닿는 곳이 없으니

바람이 뒹구는 잎 새로 보이나니
그리는 마음 가득 단풍 드는데

그대 눈동자에는 눈물이 들어 있지 않는 것인지
보고픔 배고파 껄떡대는 이런 날에는

뼈속 깊이 파고드는 얼굴 하나
나의 눈에 밟히고 있느니라.

기댈 언덕

송곳하나 꽂을 땅 없어 허공에다 글씨를 쓴 적이 있었다.
그늘 없이 살아온 생은 발목 근처가 항상 시렸다.
바르게 살아야 좋은 사람이 된다고
잘 될 나무는 떡잎부터 알아본다고
입바른 소리만 성서의 시편처럼 읊어대던 아버지

의지가지없이 자란 나무는 기댈 언덕부터 찾느라
눈치만 빠삭했다. 비빌 언덕이 없는 나무가
올곧게 뻗어 나간다는 것은 일상의 방정식을 다시 만
들어야겠지만
그래도 생명이라 살길을 스스로 찾아야 했다.

노래하고 춤추어야 할 기쁨의 언덕을
아버지는 생계의 계산도 없이 빚쟁이에게 넘겼다.
내가 차근차근 밟고 자라야 할 기댈 언덕을

씨앗을 틔우기 전에
떡잎이 되기도 전에
무거운 짐을 지고 절뚝거려야 했던 내 슬픈 등짝
남들 다 피웠던 꽃송이 나도 피우고 싶어서
내 안에 검붉은 땅 일구어
바람막이 한 잎, 그늘 막 한 잎 키워

둥그렇게 작은 집 한 채 지어 놓고
그리운 이들이 우주를 향해 걸어 갈 수 있도록
밤하늘의 별을 향해 두 손 모아 합장해 본다.

꽃등

재봉틀마다 동그란 꿈들이 숨죽이고 있어
어둠속에서 반짝이는 소리 귀기울 때
흩어진 원단들이 여자들 손마디에서
넘실거리면
바늘 땀수처럼 촘촘히 늘어가는 적금통장

우리들의 봄날은 가슴 깊은 곳에 저장해 놓고
햇살이 꽃바람을 잠재울 때
장단지에 쥐가 나도록 발판을 밟았던 하루
아직 견디지 못하는 그리움은
끊임없이 패배자로 남지만

재봉틀에 의지하며 살아가는 얼굴들
쏟아지는 잠 끝에서 곪힌 손가락은
어지러움, 반쪽만큼이라도
피곤함이 나비처럼 날아간다면

눈알이 빠질 듯 짙어지는 고통
빚도 가난도 잊고
재봉틀 돌아가듯 몸도 마음도 돌아
어둠속에서 깨어지는 소리
반짝이듯 우리 다시 살아 힘껏 돌려보자
노루발 사이에 꽃등을 달고

냉이

눈이 작아도 미소가 귀여운 그녀의 이름은 냉이였어
키가 작아도 참새처럼 재잘대던 그녀의 별명은 땅꼬마
였어.

나만 만나면 재잘 대며 웃던 그녀가
순 엉터리라고 울먹이더니 떠나 버렸어

눈이 작으면 어떠냐고 붙잡을걸 그랬지.
키가 작으면 어떠냐고 붙잡을걸 그랬지.

걸어가면 언뜻언뜻 보이는 얼굴
뒤돌아보면 팔짝팔짝 뛰는 모습

냉이 냉이는
지금쯤 어디에서 꽃피고 있을까

봄은 왔는데
꽃은 피는데
보고 싶어서
찾고 싶어서
헤메는 마음

냉이, 냉이야!
어디에서 있더라도 꽃피고 살아야해

넝쿨 장미

빨간 등불을 켜고 담장을 올라타는 저 여자
미쳤다고 해야 하나
불탄다고 해야 하나

봄날, 미치지 못해 손 흔들던 그 사람
오월, 태우지 못해 맺지 못한 그 사람

꽃 달달, 눈 달달
가지가 휘어지도록 피워내는 꽃의 환희
내 생애 한번이라도 저토록 붉은 시절이 있었을까?

사랑인지, 아픔인지 분간하기 어려운 시절
꽃잎 떨어져 날리는 일에도 예민하여
고개 숙이고 훌쩍일 때가 엊그제 같은데
꽃에 젖어 눈물로 펄럭이는 봄, 한 복판

봄날을 비껴선 그 사람도 어딘가에서
아직은 덜 익은 생을 토닥이고 있을 거야.

늙은 민들레

사방팔방 미싱소리 출렁이는 봉제공장
따닥! 거리는 바늘 끝소리 한창일 때
나이 든 여자들의 눈이 떨려
간부들의 얼굴을 제대로 쳐다보지 못한다.
30년 넘게 재봉 일을 해 왔는데
끄떡하면 나이 먹은 사람부터라는 말에
나이 든 여자들 가슴은 이미 가슴이 아니다.
간부가 소리 지르면 숨죽인 채
당장 짤릴 것 같은 눈동자는
언제나 바늘 끝에 고정되어 있다.
손놀림은 여전한데

늙음이 죄가 되어버린 오래된 미싱사
하루만 더 견디자,
하루만 더 버티자.
허름한 식당 앞에 피어있는 민들레 꽃송이

쪼그리고 앉아 오래도록 바라본다.
노란 꽃대가 아찔하다
바람 따라 흔들리는 꽃잎을 보며
가슴 조였던 멍울들
노랗게 쌓인 고름을 짜내고 있다.

이제는 늙어 하루살이 생이 되어버렸고
짧지 않는 날이 되길 빌며
늙은 등이 움직인다.
꽃송이에게 말을 붙여 기도하듯
여자의 등판이 눈물자국이 된다.
아마도
민들레 꽃씨를 현장 안으로 날렸을 것이다,

며느리 풀 넝쿨

봉제공장 담벼락 끄트머리
납작 올라앉은 며느리 풀 넝쿨
어젯밤 남편에게 얻어맞았나.
물 오른 불 따귀 멍 자국 퍼렇다.
비 오는 날도 꿈쩍 않고
재봉틀 돌리는 현장 안을
훔쳐 보다 두 볼이 발그레 하더니

며칠 후, 아이가 둘 있다고 어설프게
멋을 부린 젊은 아낙이 찾아 와
콩알 같은 눈물을 튕기며
남편이 실직한 지 오래되었다고
한 잎이라도 벌어야 한다고
가난의 덤불을 걷어보겠노라고 울먹였다.

며느리 풀 이파리 납작납작 창문을 더듬고
젊은 아낙, 아슬아슬 재봉틀을 익혀가고
시계 한 번 쳐다보고 이맛살을 찌푸리고
아이들의 넝쿨 손 되어 어미가슴 키워간다.

담벼락을 붙삽고 내려오딘 며느리 풀 넝쿨
비빌 언덕이 어디냐고 소란스럽게 꽃 피우고
젊은 저 아낙, 이제 일이 조금 익숙해졌다고
해 볼만 하다고 거친 손으로 재봉틀을 닦는다.

며느리풀의 삽화

현장 담벼락의 며느리풀이
시절을 잊은 모양
세상 한 번 찾아왔으면 피어는 봐야지.
이대로 시들어 버릴 순 없다고
난간 끝까지 올라가는 중이다.

미처 피지 못한 채 아이를 낳아
며느리가 되어 버린 여자들이
미싱을 돌리며 아가 옷 만드는 현장
사람에게 시달리는 것보다 외로움이 더 낫지.
시집살이 푸념 한 사발 쏟아 내다가
하루 일과를 결재 하듯 립스틱 쭉 밀어 올리고
메마른 입술위에 꾹꾹 퇴근카드를 누른다.

호랑이굴속처럼 빠져 나간 텅 빈 공장
창문 틈으로 고개를 쑥 내민 며느리풀이
오랜만에 찾아 온 친정집 인양
현장 안을 이리저리 기웃 거린다.

봉숭아꽃

어설픈 몸짓으로 빨갛게 물든 영혼
울타리 밑에서 핏빛으로 피어선
뜨거운 태양아래
얼마를 더 달구어야 찾아올까
그대 가슴 안에 물들고 싶은 간절함이여!
여름은 이토록 달아오르는데
사랑하며 살아야 하는 것을
보이지 않는 그대
후둑후둑 지나가는 빗방울
아쉽다, 아쉽다
붉은 눈물로 떨어지는 상처
기다림은 이대로 져 버려야 하는지
정녕 다시 올 수 없는 것인지
애절한 나의 노래
꽃잎은 바람 따라 소야곡이 되어 버렸네.

붉은 뒤란

봉제공장 기숙사 뒤란에
붉은 감 주렁주렁 매달려
스물 둘, 내 가슴 두근거렸어.

재봉틀 돌릴 때마다
아무도 모르게 써 내려가던 연분홍 사연
나 홀로 익었어.
그냥 붉었어.
스물 둘, 그 가을 언저리에
찬바람에 떨어져 터진 홍시처럼
내 짝사랑도 물컹거리고 말았어.

나 홀로 뜨거웠다가 저절로 식어버린
스물 둘, 뒤란의 붉은 홍시는
내 인생의 여정이었어.

붉은 장미

늘 같이 하고픈 허전함을 떼어 놓으려다
뭉글뭉글 피어나는 붉은 장미를 만났다.
어떤 사내의 눈빛으로 방울방울
붉은 송이 밀어 올리는 걸까

얼룩진 침묵을 벗어 던질 줄 아는 여자
흘림으로 꼬리칠 줄 아는 여자
유혹을 다독이며 빨갛게 웃고 있는 여자
어느 귀족의 딸이었나?
허청거리는 나를 훑어보는데

이 땅에 이름 없는 여자로 태어났다는 것
이 땅에 내세울 것 없는 여자로 산다는 것
이 땅에 가난한 여자로 살아간다는 것

가슴에 둥글둥글
돌멩이 같은 단단한 것들이
굴러다녀
종주먹을 쥐고도 참아야 하고

이 땅에 꿈을 이루지 못한 여자로 산다는 것은
무슨 일이 있어도 견디어 내야하고
늘 따라 다니는
허기
허전
허무
어쩌지 못하고 긴 담벼락에 피어 있는
붉은 장미
너를 노래하노라. 너를 부러워하노라.

살구나무 꽃

선생님 머리 위에는
서리꽃이 피어나고 있지만
순이의 가슴속에는
살구꽃이 피어나고 있네요.
봄바람이 살구나무에 걸려
청춘을 흔들어 대고 있을 때
선생님!
그때는 몰랐습니다. 정녕
제자들 가슴속에 심어주고 싶은 꽃이
무슨 꽃인 줄 모를 때
청춘은 돌개바람으로 날아가 버렸지요.

세월이 훌쩍 넘은 고비에서
피어나고 싶은 꽃으로 몸부림칠 때
노랗게, 노랗게 익어가는 살구를 꿈꾸며
마음 바구니 하나 준비하고 있지요.
어린 시절 심어준 살구나무 한 그루
이제라도 피어나고 있으니
그래도 아직 늦지 않았겠지요. 선생님!

실밥꽃

바지 단에 실밥이 있는 줄 모르고 집까지 왔네요.
하루 종일 발판을 밟아대느라
발바닥에는
벽돌같이 단단한 살이 굳어 있어
떼어내고 떼어내어도 또다시 달라붙은
굳은살
옷을 갈아입고 집안일을 하면
방바닥에 한 가닥씩 누워 있는 실오라기
방바닥과 발바닥이 어딘지 닮은 듯
펼쳐 놓은 이불에도 엉겅퀴처럼 피어 있어
꼭 나를 닮았구나! 싶네요.

옷을 만들다가 필요 없다고 잘라버린 순간
하루의 짜투리가 고스란히 내 몸에 달라붙어
우리 집까지 따라왔으니
지문이 닳아지도록 살아온 손바닥에서라도
꽃같이 환한 세상이 왔으면 합니다.
아주 소중한 것이라 믿으며
실밥 꽃 한 송이
곱고 예쁘게 거두어 봅니다.

유월 장미

저것은 불꽃이다.

사랑에 환장한 여자가 불씨를 관리하지 못해 터진 불꽃 바람에, 봄바람에 되살아나 활활 타오르는 저 불살

어젯밤, 밤새도록 내린 비에도 식을 줄 모르는 뜨거운 가슴, 그래서 울타리는 더욱 정신이 없다. 꽉 붙잡아야지. 이 불꽃이 지나면 내 몸에 익은 화상은 아무도 책임져 주지 않아. 비야! 내려다오. 바람아! 다시는 불씨를 만들지 말아다오, 울타리가 억세게 몸부림칠수록 손을 내밀고 올라가는 저 불덩어리. 불타는 것은 사랑뿐이란다. 후회는 더 이상 생각하고 싶지 않아.

팔팔 정열만 터트리며 사랑의 능선을 올라가는
저 환장한 여자
부글부글 참지 못한 채 세상과 접하지 못하고
저 혼자 발화한 여자

그래서 난 장마를 기다리지 않으련다.
땅바닥에 나뒹구는 꽃잎들이 숯 검댕이라 해도

찔레꽃

공장일 끝나고 길모퉁이 지나 무심한 나를 보고
하얀 웃음 쏟아내는 너를 붙들어 본다.
사람살이 어지럽다.
헐거워진 인연이 무덤덤하다.
아버지와 나 사이, 남편과 나 사이
있는 듯 없는 듯, 멀어졌다 가까워졌다.
내 것 같으면서 내 것이 아닌
드륵드륵, 미싱소리
아이들의 꽃 웃음 한 땀 한 땀 야무지게 달구어야지.
이것만이 밥줄인데
밥 먹고 하는 일이 이건데 왜 불량품이냐고
노려보며 끌고 가는 길쭉한 입술의 호소문
그래도 괜찮아. 아이들이 꽃필 수 있다면

누가 보잘것없는 여자라 하더라도
하얀 눈물 툭툭 털어 내는 것이야.
상처 던지고 몸 뒤척이며 일어서는 것이야.
고단한 밥줄이라도 고마워하며 부여잡는 거야
섬뜩섬뜩 등줄기 식은땀 흘러내려도
냉소의 가시 바짝 세우고 유혹의 바람 노려보며
새끼들의 웃음꽃에만 집중하는 거야
내가 이 바닥을 떠나지 못하는 것은
처음으로 흙을 사랑했기 때문이야.
이것 봐. 이렇게 피어나고 있잖아.
세상살이 어지럽다 해도, 무심하다 해도
잎 따라 잎 따라 송이송이 피워내잖아.

치자나무에 꽃 피던 날

있는 것보다 없는 것이 더 많았던 신혼 시절, 치자 꽃씨를 받듯 일기를 쓰면 매 찬 바람이 아랫목으로 밀려왔다. 질서 없는 사랑에 색색의 꽃씨를 봉투에 넣으면 곰팡이 서린 벽지가 밤이면 밤마다 습기에 젖어 울지만, 아낙네 살림살이는 콩깍지처럼 곱게 물들어 갔다. 가끔씩 연탄불이 꺼져가도 좋았을, 해진 상처를 꿰 메는
재봉틀 속 같은
재봉틀 속 같은

첫딸을 낳았던 동산촌 어디였더라. 아기 업고 방 보러 가던 날, 애기 엄마! 눈 밑에 사마귀 떼어, 눈 밑에 사마귀 있으면 딸한테 안 좋은 법이여, 헉! 길가에 돌팔이 사주쟁이 할아버지, 업은 아기, 딸인 줄 어떻게 알고, 처녀 적에도 무서워서 못 떼던 사마귀, 바늘 끝으로 치자 꽃잎을 따듯 떼어내며 건강혀고, 부지런혀면 잘 살 것이구만.

생의 촉수를 바짝 낮추어
바늘 끝을 미사일처럼 세우고
둥근 달이 언 채로 창가에 놀러 와도
재봉틀을 돌리고
재봉틀을 돌리고

이쪽인가, 저쪽인가
이리 갔다 저리 갔다
생의 길이 막막할 때
재봉틀을 붙잡고
애틋한 사랑 하나로 뜨겁게 편지 봉투를 뜯으면
화! 하고 피어오르는 치자꽃 한 송이

칡꽃 여자

비탈진 땅, 자갈밭 자리 잡고 뿌리내려
가시덤불 마다하지 않고
오직 넝쿨손으로 지탱하는 저 여자

단내 나는 세상 살아본 적 없는
세상과 결핍되어 살아갈지언정
외로움은 즐기면 된다고
자줏빛 벙근 치마 속살 내미는
거칠 것 없이 세상과 독대하는 여자

거칠음도 시샘인가?
태풍 불고 우박 내려 주눅 들지만
묵직한 엉덩짝 땅속 깊이 파고들어
비탈진 땅이라도 뿌리 내릴 수 있다면
초라하지만 당당하게 꼭 피고 싶은 여자

한 손은 하늘을 향해 한 손은 언덕을 향해
꿈을 포기하지 않고 고집부리듯
몸이 뒤틀려도 불굴의 의지로
온 세상을 휘어잡을 듯 뻗쳐오르는
막무가내 길을 만드는 억센 여자

향 내음, 풀 내음 가득 찬 둥근 꽃가지
외로움도 즐길 줄 아는 품 깊은 저기 저 여자

2부

그 여자의 손끝

공단의 겨울 여자

뭉실뭉실 삶을 구워 내는 공단의 굴뚝
쌓인 눈들이 세상을 눈부시게 녹아내린다.
눈발에 세상은 질컥거려도
방직 공장에서는 대낮에도 형광등이 반짝거린다.
마흔세 살의 옥분이는 연사 실 삼십년지기다.
남들이 다 갖는 졸업장 하나 없어도
연사 실 잘도 토해 낸다.
열두 살 때 도시로 전학 간 줄 알고 좋아했는데
어찌해서 발을 들인 삶의 학교에서는
기계 소리 윙윙 돌아가도 눈 내리는 소리 보인다.
뽕잎 갈아 먹는 푸른 소리
훨훨 날아가는 하얀 소리
그녀가 들어간 고치 속에는
수천 마리의 나비가 훨훨 날고 있다.
고치들도 봄을 기다리고 있겠지.
초록으로 피어나는 봄을 날아다니고 싶겠지.

그때는 아이들의 옷을 사 입혀야지.
연사 실 하나씩 토해 낼 때마다
몰래 감춰 둔 적금통장 살며시 웃고 있다.
고치 속에서 빠져나온 그녀는
짧은 해를 재촉하며 걸어가고 있다.
어둠을 끌어안고 서걱대는 저녁 바람,
연사 실 휘몰아치듯 몰아내는 그녀의 한 숨
한 가닥씩 몰고 사라지는 지상의 눈보라.

그 여자의 손끝

팔복동 구부러진 골목을 지나가다 보면
재봉틀 소리, 왕왕거린다.
엎드려 고개 숙인 표정은 건너편에 쌓인 쓰레기장 같다.
봉고차에서 재단된 원단을 받으면
시들해진 표정이 금방 살아난다.
유리창에 비친 햇살이 유리알처럼 고와도
나들이 한번 제대로 못 했다고
바늘구멍만 쳐다보다가 마흔이, 쉰이 흘렀다고
사연을 늘어놓으면
재단된 원단은 어느새 바지 단이 완성된다.

라디오에서 흘러나오는 노래가 흥겹고
골목으로 불어오는 바람이 따숩다.
새우처럼 등을 구부리고 가장 낮은 자세로
하루를 살아가는
새우등이 펴지는 그날을 기대하며

저녁이면 골목으로 들어오는 봉고차에
완성된 하루를 실어주며
흔들어 주는 그 여자의 손끝이 환하다.

나이는 들어도 일할 수 있는
그 여자의 품이 넉넉해 보인다.

나의 재봉틀

하루 종일 말을 타고 달려봅니다.
안장위에는 세상을 읽어주는 라디오를 올려놓고
폐달을 힘껏 밟아 봅니다.
손가락 사이로 굵은 말발굽소리 따라 가다
숨가쁘게 힘들면 고삐를 늦추고 까만 눈동자 더듬어
봅니다.
듬성듬성 말 발자국 모래알처럼 깔린 길을 따라
씨앗처럼 숨어 있는 희망의 산맥을 찾아 다녀요.
휘달리는 말갈기에 마른기침 콜록거리고
눈썹에는 소금물 같은 땀방울이 뚝뚝 떨어져요.
얼마나 찾아 다녔을까요.
지친 말이 잠시 걸음을 멈출 때
그래! 쉬어가자. 말갈기를 쓰다듬지요. 서로 숨을 고르
지요.

다시 안장에 앉으면 말이 먼저 일어나
황야의 들판을 달려갑니다.
말발굽 따라 씨앗을 심고 기쁨을 파종하고 힘껏 채찍하다
초록이파리 깔린 길 위에 허기진 식탁을 준비해 봅니다.

바람이 노랗게 물감을 풀어 놓은 들판에
환희가 희망처럼 너울대는 봄날의 바지랑대
고삐를 손끝에서 내려놓으면
말 한 마리 아직 넘지 않는 산맥을 굽어보고
나는 졸고 있는 전등아래
꽃가루처럼 부서지는 달빛을 타고
종착역으로 가는 기차표 한 장 손에 쥐고 있어요.

나팔꽃

- 봉제공장의 하루 -

아침이면 나팔 꽃씨를 물고 몰려와 재봉틀 선반 위에
부려 놓으면, 여기저기 뛰어다니는 실밥들, 공장을 목
욕탕인 양 푹 담그고 앉아 실밥의 꽃술을 끌어당기면
납기 날짜 재촉하는 식은땀

정품을 만들어야지.
불량품 뜯어내다가는 시간을 다 잡아먹는다고,
가위질을 잘해야지.
이쪽을 뒤집어야 해. 꽃밥을 잘 접으라고

퇴근 시간이면 남루한 보푸라기 털고 사라졌다가 아침
이면 아직 피지 않는 꽃길이 궁금하여 현장 문을 열고
들어서는 여인들, 꾹꾹 눌러 박은 립스틱으로 한바탕
나팔을 불면 한 잎씩 날아가는 웃자란 실밥 꽃들

전기줄에 걸린 방자한 허구를 발판으로 시뻘겋게 누르면
남루한 게으름이 달아나고
손마디, 손마디마다
나팔꽃 넝쿨이 봉제선 위로 달려간다.

늙은 재봉틀

저기! 구석에 쳐 박혀 꼼짝하지 않는
오래 된 재봉틀 하나
돌려주는 이가 없어 외로운 지
입술을 꼭 다문 채 침묵이다.
먼지 쌓인 구석에서 조용히 엎드려
병들은 사람처럼 앓고 있는 것인 지
제 할 일 다 마치면 제 이름은 지워져 가는 지
한 때는 열심히 움직이며 제 노릇 했을 텐데.
한 줄로 내려오던 바늘 실도 재봉틀을 붙잡고
미싱사들이 새겨 놓은 표기들은
몇 만 벌의 옷을 만들었을 거야.
기름칠 해 놓은 구멍마다 제 할 일을 잃었고
늙어가는 여자처럼 거기 혼자 앉아
그리움만 칸칸이 불러 모으며
예쁜 아가 옷 한 벌 구상하고 있는 것인지
눈만 깜빡 깜빡 우리들을 바라보고 있구나.

바늘 잡는 여자

나는 바늘을 잡고 사는 여자
재봉틀 위에 굴뚝처럼 많은 꿈 올려놓고
눈동자 속에 꽃불을 켜고
독수리처럼 시간을 지키고 앉아
하루 종일 붉은 주둥이 빼물고
엉키고 맺힌 실 가닥 풀어 엮어야 하는 운명
툭 끊어야 하는 맺음
끝맺음으로 단절해야 완성되는 기쁨

사는 것이 이것뿐이라서
생살을 찍듯 꼭꼭 찍으며 견디고 살지.
참는 것보다 견디는 일이 더 힘든 일이지만

얼굴 붉히는 일 있어도 사는 것이려니
어우러져 묵혀야 좋은 사람이 되리니
가슴속 삭히며 묵히며 다독이는 일

좋은 일 있어도 그저 그렇고
좋은 일 없어도 그저 그렇고
시종일관 바늘 끝에 두 눈을 붙들고
마음을 다스리는 일이 제일 편안한 것이리라.

맨 날, 맨 날
허물을 벗고 어디론가 날아가고 싶지만
재봉틀 소리에 숙성되어 살고 있는 나는
항상 바늘을 잡고 사는 여자,

바늘로 시를 뜨는 여자

바늘은 동사형 명사다.
움직이면 동사이고 멈추면 명사이다.
국어 선생님이 열변을 토하시며 가르쳤던 품사들
삶이란 동사형 어미 명사라는 것을
세상의 끄트머리에 앉아보고서야 알아챘다.
배가 고프니까 귀가 트인 것일까?
남편의 잔소리를 못 들은 척해야
직장 동료들의 갈구를 견디어내야
남의 말을 잘 받아넘겨야 은유이다.
속주머니를 감쪽같이 잘 달고
아이들의 칭얼거림을 잘 달래고
리본을 예쁘게 달아내야 형용사이다.
호연지기는 어느 곳에서라도 필요하다.
진심으로 살아가면 두려움이란 비껴간다.

쪽가위로 시침을 잡아주고
송곳으로 부리를 날렵하게 만들면
체언을 꾸며주는 관형사가 아니겠는가.
곱솔 박음질을 바늘만큼 따라 올 주어가 없다.
맥없는 실은 서술어밖에 못 되지만
실과 궁합이 잘 맞는 바늘은 서술어를 가장 좋아한다.
한 땀 한 땀 정성을 들이다 보면
누가 봐도 누가 되지 않는 옷가지들
한 장씩 한 장씩 인연 한 자락
끌어당기며 주인을 찾아 나선다.
바늘은 우리 집 헐렁한 살림살이를
윤택하게 만들어 준 고마운 존재이다.

바늘에게

한 땀 한 땀 뛰어가는 그대 발끝
내 눈동자 어찌 가볍게 여겨지리.
고달픈 팔자 또박또박 고쳐주듯
내 인생은 그대 발끝에 묻었는데

여군이 되고 싶었고 국문학자가 되고 싶었던
꿈들이 보따리를 싸들고 도망 가 버린 채
내 등짝만 바라보았던 텅빈 눈동자
낮술에 취해 빚 타령만 하던 아버지
동생들 수업료도 못 내 주던 아버지

식은 밥을 찬물에 꾸역꾸역 말아 먹으면서
한 밤중에도 그대 발끝만 재촉하던
외로운 삶의 골목
고독보다 더 깊이 파고들던
재봉틀 소리는 내 인생의 줄기를 한 가닥씩 재고 있었지.

바늘 끝처럼 날카로웠던 삶의 언덕
외로움을 탈수록
날이 새도록 재봉틀을 돌리다보면
새파란 청춘 세월의 기차에 떠나보내고
햇빛과 별빛을 한 장씩 꿰매다보니
그대 발끝은 내 전부였네. 내 삶의 깊이었네.

바늘이 손톱을 통과한 날

짜잔하게 풀리지 않을 것 같은 날
빳빳한 무릎에서 쇳소리가 날 무렵
바늘이 검지 손톱을 통과하다 부려졌다.
떨림으로 무거워지는 우울의 도가니
재봉틀 위로 떨어지는 것은 핏방울이 아니라
사용자의 잔소리
어제의 일탈을 쏟아내는 무지함의 탄식
오늘의 분량은 아직 한참이나 남았는데

참고 견디며 산다는 것은
자신을 놓치고 싶지 않다는 것이리라.
날개가 있어도 날지 못하는 닭처럼
여자로 태어나서 호사를 누리지 못하지만
망막으로 굴리는 바늘 끝은 날개를 준비하는
나비이다.

두 발로 굴리는 발판은 봄날을 기다린다.
상처가 상처를 기워가며 서러운 때를 잊어가며

노루발 사이로 꿈길이 열린다.
바늘 끝에 전부를 걸어 놓고
하루를 꼬숩게 박음질한다.
깜냥깜냥 다가오는 퇴근길
스피커에서 흘러나오는 음악도 흥분한다.
꿍짝 꿍짝 꿍짜작 꿍짜작

북실처럼 벌겋게 달아오른 벽시계도
덩달아 종을 울린다. 퇴근을 알린다.

바늘이 실에게

울지 말아요,
눈도 없고 귀도 없는 몸이 그대뿐인가요.
뼈가 없는 몸일수록 붙잡는 능력을 키워야 해요.
그대! 내 귓속으로 들어와 앉아봐요.
어차피 우리는 서로 사랑해야 되는 사이인걸요.
뼈와 귀만 있는 내게 평생을 의지해도 좋을 그대
뻣뻣한 나는 그대 부드러움이 좋아요.
우리 서로 의지해서 그대와 내가 손 꼭 잡고
노루발 골목을 지나
어금니 드러내 놓고 누워 있는 톱니의 강을 건너
속옷을 만들고 아기 옷을 만들고 등산복를 만들어서
세상 구경을 떠나요.
그래도 우리는 비빌 언덕은 있잖아요.

혼자서는 아무것도 할 수 없는 그대와 나이지만
우리 둘이 맞잡고 한 땀씩 붙들어 올을 막고
때로는 허리가 부러지고 조여진 매듭으로
상처가 남을지 모를 일이지만
우리 손을 팽팽하게 붙잡고 서로 엉키어 살아봐요.
매일 매일 원단 위에서 나비처럼 날아
우주복을 만들어서 지구를 한 바퀴 돌아보는
꿈을 키워 봐요.
살아가는 동안 운명을 같이 해야 할 우리이기에

밥줄

남들은 공장이라고 말하지만
내겐 소중한 논두렁이여.
중학교 졸업하고 봉제공장에 발 디뎌 놓고
야학 다니고 공부하며 재봉틀 돌리고 어깨너머 배운
재봉틀 기술이 진짜 내 삶이여.
포근하고 따뜻한 것이 별로 없지만
남의 손 안 빌리고 재봉틀 앞에 엎드려 살아왔으니
이보다 더 귀한 농사는 없는 것이라고.

남자 보는 눈이 없어
고생바가지 뒤집어쓰고 살지만
눈빛만 봐도 좋은 노루발
발판으로 쟁기 날 세우고
바늘 끝으로 벼 포기 가꾸어

톱니 사이로 낫자루 밀다 보면
장딴지 땅기는 것도 말끔히 잊어버린 채
열일곱에 봉제공장에 발 디뎌 예순을 앞두고
징그럽기도 징그럽지만,
이제, 그만두면 섭섭해
달인! 학력 없이 살았어도 서럽진 않아

보드랍고 예쁜 아가 옷감 만지다 보니
아이들 대학까지 졸업하고 사는 맛이 쫄깃해
나와 함께 늙어버린 재봉틀이 피붙이보다 좋아
재봉틀이 내 논두렁이고 우리 집 밥줄이었어.

봉제공장 소녀의 첫 사랑

눈이 내리면, 목화송이처럼 눈이 내리면
착한 봉제공장 소녀들
낙엽 같은 작업복 입고 우르르 몰려든 분식집
칼국수 한 그릇씩 주문 했지요.
순하디 순한 순정 이파리 한 장
감출 수 없어
손가락에 스며든 그 이름 써 놓고
젓가락 쪼개는 솜씨에
첫사랑이 이루어질 것인지 점찍어 보았지요.
전선의 들국화가 소녀의 얼굴로 보인다던
가을날의 편지는
죄지은 사람처럼 손끝이 떨리다가
라운드 잘못 돌렸다고 혼나는 바람에
손가락 바늘에 찔려 뚝뚝 떨어지는 핏방울.....
거기엔 차마 울지 못하는 눈동자가 들어 있었지요.
긴 담벼락의 포장마차 붕어빵들은

서로 보듬고 뜨거움을 견디는데
가슴에 달라붙은 실밥 한 올이
소녀의 자존심을 문지르고 있었지요.
그리움에 통통 부은 물음표 한 장
달빛이 서럽게 손 흔들면
저렇게 예쁜 달은 그대의 것이라고
눈꺼풀 피곤한 작업복을 속죄처럼 벗어 놓고
기숙사 창문에 여린 맘 쪼개어 놓고
서러운 것은 서러움을 잡고 꿰맸지요.
그대와 우연히 만난 길이 있다면
그냥 낮달처럼 웃고 지나갈래요.
사랑은 궁핍했어도 달빛을 말아 엮을 추억이 있기에
밖에는 눈이 내리는데
목화송이처럼 눈이 내리는데

봉제공장에서

재봉틀 돌아가는 소리 익숙하면서
얄미운 그 소리
힘든 세월 견디며
웃음으로 만들어 놓은 보금자리

해가 뜨면
늘 그런 모습, 늘 그런 얼굴
몸이 부서지더라도
가난을 멀리 할 수 있다면
바늘과 실에 리듬을 맞추어야 한다.
드륵, 드르륵, 재봉틀 소리
친숙하면서도 멀리 하고 싶은 소리
박음질과 끝맺음 속에 완성되는 옷감들
내일의 꿈을 달래봐야지.
내 마음 사랑을 심어 살아가야지.

봉제공장 쑥부쟁이 1

재봉틀 소리 바쁘게 돌아가는 형광등 아래
못 배우고 가진 것 없는 여자가 사랑했던 비극은
호랑이에게 쫓기는 토끼처럼 언제나 눈이 벌건
가슴에 바람 든 여자들이 모여 일을 한다.
바늘이 햇살에 대일 까봐 이마에 커튼을 달고
재봉틀 앞에서 하 많은 사연을 뜯어놓고 있지만
바늘귀는 들은 체 만 체 생의 구멍을 깁는다.
바람막이도 그늘도 없이 살아가는 봉제공장 여자들
단물 빠진 뽕짝 가사에 시름을 달래보지만
살아도 살아봐도 팍팍한 세상
깁고 또 기워도 늘 따라 다니는 한기
언제 한번 단내를 풍기며 살아 볼까
여자들의 하소연은 바늘이 지나가는 하소연 같다.

형광등 아래 뒹구는 원단들이 꿈꾸는 내일인 양
두발로 하루를 뜨겁게 밟아도
귀가 하나 뿐인 바늘 앞에서 항상 고개를 숙여야 하는
봉제공장 여자들
이미 구멍 나 버린 사랑에 후회를 하며
애꿎은 발판만 와꾸와꾸 밟아 본다.

봉제공장 쑥부쟁이 2

세상에 뿌리내릴 곳 없어 봉제공장에 뿌리내렸다.
시큰거리는 눈, 서러움인지, 어지러움인지
따뜻함을 받아 줄 사랑이 없어 스스로 그늘을 만들었다.

바늘 끝에 사는 세상, 만만치 않지만
튼튼한 쑥부쟁이, 콧노래 저절로 흥겹다.
질퍽한 곳이라 누구도 알아 줄이 없지만
차돌같이 야무지고 똑소리 나.

좋은 땅에서 자랐더라면 더 바랄게 없지만
봉제공장이면 어때.
누구도 원망하지 않는다. 착실하게 살면 되는 걸.

좋은 바람, 좋은 물 마음대로 즐기지 못해도
아는 만큼 보이는 만큼 세상을 만나고
가끔은 우리가 만든 옷을 입고 있는 아가를 보면
마음껏 경이롭다. 눈동자가 즐겁다.

한때는 쓰러지고 짓밟혀 힘들었지만
이것이 내 삶이다. 생각하면 맘 편하다.
내 이름은 쑥부쟁이, 하루가 향기롭다.

봉제공장 여자들

봉제공장에 모여 사는 여자들은 재봉틀을 닮아간다.
칭얼대는 어린 자식, 남편과 삐걱대었던 사소함
세상 모서리와 모서리 사이에 앉아
바늘 끝을 끌어당기면서
말없이 사는 법을 익혀가는 여자들

재봉틀 소리 따라가면 자꾸만 커지는 아픈 흔적들
젊은 날의 푸른 광기, 가난한 잎 새에 불 당겨서
어리석은 즐거움에 평생 발목이 묶인 채
하소연을 재봉틀 속으로 밀어 넣으면
붉어진 눈물, 서러운 얼굴
무심코 쳐다 볼 때 드르륵, 드르륵,
가난의 검은 그림자 천천히 물러선다.
상심한 가슴, 꼬막껍데기처럼 거칠어진 손가락
재봉틀 안고 살아가는 여자들의 눈빛은 예리하다.

습기 찬 몸. 먼지 꽃 피어나는 등줄기
낮게, 낮게 두드리는 어둠의 조각들
퇴근 길 재촉하며 비질하는 재봉틀 같은 여자들

손 한 번 흔들면 한데 모였다가 다시 떠나고 돌아와
모서리와 모서리 사이에서 구시렁대는 재봉틀 소리
애태우지 않아도
규칙적으로 밤은 잠들고 그 밤의 역사
꿈틀거리며 찾아와 박음질하는 봉제공장 여자들
누가 알아주지 않아도 함께 어울려
생은 날것으로부터 천천히 익혀 간다는 것을 터득해 가며
재봉틀이 돌아야 해가 저문다고 삶을 다스린다.

봉제공장의 하루

바짝 서두른 출근이 따박따박 눈동자
재봉틀 위에 굴러다니다보면
신명나게 구르는 발판이
피겁 속에 짤랑거리는 점심시간을 낚아챈다.

낡아진 형광등아래 화사한 내일을 기다리며
미싱 다리 옆에 빙 둘러 앉은 여자들
욱신거리는 관절을 경중 거리며
근심 걱정을 툭툭 털어낸다.

발바닥이 늘 땀 냄새에 젖어도
아직 녹슬지 않는 나이가 재산이라며
무거운 엉덩이 정교하게 의자에 붙인다.
누구에게도 물려주고 싶지 않는 가난
매섭게 다짐했던 맹세, 삼키는 동안
팔팔 했던 오늘이 퇴근을 당겨 놓고 물러간다.

바늘에 찔린 손가락, 회복은 더디지만
미싱 다리위에 노랗게 못 박아 놓은 희망
한 박자, 한 박자 완벽하게 구르는 발판 너머
요사의 눈빛으로 반짝이는 꿈을 더듬으면
환하게 동트는 새벽녘

불량품이라해도

바늘이 툭 부러졌다.
벌써 두 번째 바늘인데
일하기 싫은 날이 찾아 온 것처럼
보푸라기 자꾸 일어나는 실은
끊어지고
끊어지고

언니! 실이 불량이야?
나 참! 실도 불량이고 너도 불량이다!
왕왕대는 순자언니의 짜증이
퇴근을 알리는 종소리 같다.

가픈 가슴 어르고 달래고
고단한 삶을 갈무리해주는 재봉틀
싱그럽다, 징그러워 투덜대는 소리에
시간은 언제나 조용하다.

발판으로 야무지게 밟아버린 시간들은
지금, 어디에서 숨을 고르고 있을까?
이놈의 봉제공장, 지겹네, 지겨워
고달픈 생애, 하소연 해 보지만
이만큼 살아남은 자에게
하루하루 허투루 사는 것은 아닌 성 싶다.
잘 가, 내일 보자, 하찮지 않은 인사가
늘, 정겹다. 불량품이라 할지라도

사랑하는 나의 재봉틀

가난한 내가 재봉틀을 앞세우고 세상 한 귀퉁이에 앉았다. 세상이 바늘 끝보다 날카롭다, 해도 벗 삼을 라디오가 있어 하루가 외롭지 않았다. 사사건건 몰아세우는 근심 걱정, 생의 절충점을 찾기 위해 발목이 시리도록 발판을 밟으며 삶을 사랑이라 여기며 종일토록 고개를 숙였다. 사랑은 따뜻한 깃이라 믿으며

배우지 못한 내가 할 수 있는 것은 세상의 근심 걱정을 꿰매는 일이었다. 빚 걱정하는 아버지의 한숨 소리도 꿰매고 주식 하여 망했다는 승주 엄마의 하소연도, 남편이 뇌경색으로 쓰러졌다는 동창생의 서글픔도, 서서학동의 야간 학생의 발걸음도, 우주를 비질하는 미화원의 고단함도, 파도를 넘나드는 갈치 장사의 고함소리, 신문 배달하며 장학금을 받는 대학생의 굵은 땀방울까지. 모두 모두 재봉틀 사이로 밀어 넣었지만 정작 자신 어깨에 찾아든 오십견은 어쩔 수 없었다.

재봉틀 앞에서는 엄동설한을 견디고 풋풋하게 봄을 맞이하는 보리처럼 저절로 솟는 어깨. 뜯어고치고 예쁘게 손질하여 만들고 포장해서 주인에게 모든 것, 돌려주고 남은 것이라고는 나달나달 달라붙은 외로움, 외로움 밑창으로 야금야금 파고드는 그리움을 입질하는 톱니 사이로 밀어 넣으면 뼈마디가 저릿하다. 시큰거린다.

응원가를 불러주는 라디오와 함께
내가 걷고 있는 길을 말없이 따라 주던 재봉틀

가난이란 어둠을 뚫고 지나가기에는 힘들었지만
살다 보면 좋은 날이 있을 것이라고 믿음을 준
사랑하는 나의 재봉틀

울어라, 나의 재봉틀

퇴근을 재촉하는 재봉틀 소리가 전파를 타고 들려오는 라디오소리에 젖는다 .형광등 불빛이 장마 비에 그친 새하얀 깃털 같다. 오래된 화장실 수도꼭지엔 연방 물이 똑똑 떨어진다. 우리 집 낡고 닳은 쌀통에 우중충한 한숨이 서 말인데 가랑잎 같은 허전함 물고 가르릉 거리는 재봉틀 스위치 내려놓은 저녁,

저녁 내내 비가 내린다. 눈을 감아도 파도처럼 울어쌓는 재봉틀 소리, 희망을 안고 꿈꾸던 밤, 주사위를 던지면 노루발 아래 톱니사이에 끼여 있던 어두운 그림자 창백하게 미소 짓는다. 가난으로 구멍 난 가슴 꾹꾹 눌러 박은 손가락이 부채살 같다. 혼신을 다해 억척을 떨면 눈초리가 바늘 끝처럼 맵다 재봉틀만 바라보고 살아온 안타까운 시간들, 무시로 불러보는 유행가를 눈물에 씻기면 휘어진 등 뒤로 고단한 그림자, 생각 없이 웅크리는 밤

꺼지지 않는 재봉틀 소리
밤낮없이 억척을 떠는소리

발판과 노루발 사이에서
아이들의 꿈 밭이 피어났고
땀수처럼 쫓아가던 발자국
꿈의 세계가 끝없이 솟아

오래된 재봉틀을 떠나지 못한다.
어제의 울음이 오늘의 웃음이었으므로

일터에서

세상에 가진 것이라고는 하나도 없는
봉제공장 여자들은 만나면 그냥 좋다.
재봉틀 앞에 드라이버로 나사를 조이고
쪽가위로 실밥을 잘라내고
바늘이 툭 부러지는 아픔이 있어도
우리 모두 누가 알아 줄 이 없는 못난 여자들인네
굶주린 생각마저 풀어낼 수 없다면
어디 그게 살아 있는 목숨이랴!
저 집 남편은 성깔이 까다로워 비위 맞추기 힘들고
저 집 남편은 주식 하다 깡통 계좌로 농약을 먹고
저 집 남편은 술주정뱅이 폭군이라고
저 집 남편은 한탕, 한탕 노래 부르다
가진 재산 몽땅 망해 먹고 집구석에 코빼기도 안 내민
지 3년
세상에 사연 없는 집 어디 있다고
재봉틀 발판에 들려오는 라디오의 유행가 가사에

장단을 맞추다 보면 통닭에 맥주 한잔
간절함이 우리 여자들에게 사치이겠는가
우리 그냥 얼굴만 봐도 정겨운 것인걸,
너는 눈이 못생겼고
너는 광대뼈가 툭 튀어나오고
너는 코가 납작하게 내려앉아서
나는 윗입술이 너무 두꺼워서
우리 서로 균형이 맞지 않는 얼굴로 살아간들
우기 가슴에 국세청 딱지가 붙여진다던?
누가 알아 줄 이 없는 못난 우리끼리
시계바늘 돌아가는 속도로만 견디다가
퇴근하자, 걸쭉하게 들이키는 그날을 기대하며

재봉공의 노래

하루 종일 우리들이 부르는 노래는
저 허공 속에서 떠돌지 않을 거야.
그대와 나만이 알 수 있는 언어로
원단 조각을 붙들고 움직이는 손과 발은
우리들이 부르는 노래를 조용히 듣고 있을 거야.
라디오에서 들려오는 새로운 소식에도
쭉쭉 밟아야 하는 것이 발판이 아니더냐.
가끔은 낮술 한잔에 연분홍 꽃 같은 소풍을 꿈꾸지만
한물 지나간 유행가는 쓰린 내 인생의 연고 같은 것
내가 그대의 틀림없는 여자라면
나는 그대의 발끝을 붙잡고 더 이상 방황하지 않으리.

우리들이 날마다 부르는 노래는
저 허공 속으로 올라가지 않을 거야.

연약한 여자이지만 틀림없는 엄마이기에
세상 살아가는데 그늘이 없다는 것이 얼마나 고단한 삶
인가를
이미 알았기에
아직, 스위치를 끄지 못하는 거야.
아이들의 그늘을 만들 거야, 전기 줄에 강한 힘을 넣어 줄
거야.
아이들이 스스로 힘을 길러 우리 곁을 떠날 때까지
스위치를 켜고 살아갈 거야.
원단 조각을 붙잡고 아직 품속에 들어 있는 꿈을
길러 볼 거야, 날마다 스위치를 켜고

재봉사의 노래

노란 햇살이 그대 이마에 드리우면
그대 만나러 봉제공장으로 나가지요.
빛나는 눈동자로 어두운 공장의 자물쇠를 풀면
창문 틈으로
뒷짐 지고 떠도는 구름도 보이구요.

눈썹사이로 내려앉은 뽀얀 먼지
비록 초라한 인생이지만
무엇 하나로 다시 고쳐 쓰지 못하는
상처 입은 인생이지만
그대 앞에 빛나는 눈동자 속에서
밝게 웃는 해가 있고 별이 있고

단잠을 꿈꾸는 시간이 있어
ㄴ아이를 먹어기도 흐르지 않는 세월이 있지요.

언젠가 부끄러운 줄 모르고 사랑에 빠져
숱하게 피어오르던 개나리, 진달래
그대! 오늘을 살아남을 거예요.
아니, 내일도 모레도 살아 갈 거예요.

피어나고 시드는 일에 단단하게 버티어 볼 거예요.
노루발 가랑이 사이에서 반짝이는 눈동자
그대가 머무는 발판에서 세월이 달아 난다해도
오늘을 살아 갈 거예요. 살아남을 거예요.

재봉사의 하루

재봉사의 가슴속에서 뿜어 나오는 한숨은 하루 종일 몇 톤쯤이나 될까?

뚜렷하지 않는 것 들 속에서 뚜렷한 것들을 찾기 위해 어둠을 뜯어내고 환하게 밝은 날 기다린다. 낮은 곳으로 풋풋하게 흐르는 바람이 재봉사의 긴 한숨을 엿듣고 간다.

바람 사이로 사각거리는 외로움이 갈대처럼 고달플 때 차곡차곡 쌓아 놓은 가난의 문고리,

벽에 걸린 시계의 태엽은 지칠 줄 모르고 달려가지만 미련이 많은 세상살이의 규칙을 지키느라 달달달 밟아대야만 하는 발판의 삶은 언제나 미래형이다. 지구를 흔들어대는 재봉틀 소리, 참아야지, 참아야지 ,아침부터 저녁까지

무심한 것은 하늘이다. 못 배운 것이 한이다, 전생에 나는 무엇이었나? 재봉틀에 물으며 마음껏 탓하고 마음껏 채찍하다 퇴근길로 접어들면 석양이 누워 있는 골목으로 노을이 지쳐

또 하루가 저문다.

재봉틀, 그대와

재봉틀, 그대와 나
오늘도 여기에서 만나
앞으로만 전진하는 시간의 발목을 붙잡고 있구나.
어제 밤사이 그대는 눈먼 말처럼 나를 기다렸고
이른 아침 나는 물구나무 선 가난을 쫓으려 찾아 왔으니

우리 둘은 아침이면 한 마리 말이 되는 거지.
다리가 없어도 눈멀고 귀멀어도
푸른 들판을, 푸른 산맥을 넘을 수 있는 꿈들이
주저 않지 못할 힘들이 씩씩한 말처럼
파닥이는 오늘이 있기에
바늘귀에 실을 물고 생기 차게 하루를 달리는 거지.

형광등이 켜지면 선반위로 올라온 면 사실, 탱글탱글
열아홉 같구나. 가슴에 풋풋한 실오라기 잡아당기면
입술을 부비는 미싱바늘, 가진 것 없고 배운 것 없는

내가 청춘의 꿈을 물고 그대 곁에 앉았나니, 그때 내
나이 탱탱한 열일곱이었으니, 세상에 희한한 일 많지
만 그대 곁에 인박혀 푸른 산맥을 뛰놀던 붉은 피 올올
마다 풀어내며 안으로만, 안으로만 다독이며
그대 곁에서 페달을 밟아야 하는 인연

공장바닥에 목울대를 풀어 놓으면
천지간 모든 불평불만 없어지리라.
이렇게 앉아 상처투성인 세상사 꿰매어 보자고

재봉틀 2, 쪽가위. 그리고 나

재봉틀에 앉을 때마다 쪽가위 먼저 찾는다.
시작과 동시에 행동반경에 나서야 하는 착한 친구
재봉틀 앞에서 잔뼈가 굵은 탓일까
허구 헌 날 원단을 밀고 당기며 세월을 보낸 탓일까
하루에도 수 천 번 밀고 당기며 정든 탓일까

쓸쓸 할 것도 없는 것들을
좋을 것 같지 않는 것들을
꿰매야 한다는 것을
정신을 쏟으며 살아나가는 것을

아버지는 어린 딸을 키워 봉제공장으로 보내고 싶었을까
아버지는 어린 딸을 키워 재봉틀을 밟게 하고 싶었을까

때로는 머리가 하얗게 부서지려고 하는 날
세상사 원망까지 파르르 떠는 날

책도 멀리하고

취미생활도 모르고

여행은 더더욱 모르고 살아가야하는 날들을

노동자! 가난한 아버지는 딸에게 까막눈을 만들었고

노동자! 가난한 아버지는 딸에게 부지런함만 가르쳤던

무지한 농부

몰라서 너무나 몰라서 쓸쓸한 퇴근이다.

우리는 더 이상 내려 갈 곳이 없다.

우리는 더 이상 서러워 할 것이 없다.

재봉틀, 쪽가위 그리고 나는

이렇게 같이 앉아 늙어도 외롭지 않을 것이다.

재봉틀 3

어느 순간 내가 멈춰 버린다면
그녀의 눈동자는 불안하여 파르르 떨고 말거야.
세상 나 몰라, 하고 잠들어 버린다면
그녀는 나를 선택한 것을 후회하고 말거야.

누가 우리의 끈을 이어 준 것일까
누가 아파오는 통증을 아물게 해 줄 것인가
우리가 이별을 원하지 않는 다면
토닥거리는 우리 사이를
때로는 드라이버로 알맞게 조여주고
때로는 엎드려 숨죽인 채
아프지 않게 다독거려야 하는 것들

그녀와 나는 반드시 만나야 했던 세상,
단단하게 발판을 팍픽 눌러도 이별은 아쉬워
어깨 빠개지도록 밟아 대는 그녀의 삶

내가 잠시 고장 난 모습으로 멈춰 버린다면
파르르 더는 그녀의 눈동자에 피곤이 돌고
시나브로 기다리는 내일이 있기를

공장에서 열심히 살아가는 그녀의 이름,
꼭 다문 옹근 입술
알뜰살뜰, 제 나름으로 오밀 조밀 살림살이 채워가는
그녀가 밟아 주는 발판에 나도 맞돌아
그녀와 나의 만남이 언제나 훈훈하여
그녀의 건강한 손과 발이 나를 다스려주면
어느 순간에도 멈추지 않고
싱싱한 가슴으로 세상을 향해 달려 갈 거야.

재봉틀 앞에서

세상의 하수인이 되기 싫은 여자가
재봉틀 앞에 고개 숙인다
형광등 밑에 등짝을 맡긴 채

사랑에 실수한 죄로 사회의 귀퉁이에 앉아
비에 젖어 울고 있는 나뭇잎처럼
가늘고 긴 실패에 인생을 걸어 놓고

못 배웠다고 무시당해도 참는 여자
가난해도 자존심까지 팔기 싫은 여자
재봉틀의 속삭임을 알아들을 수 있는 여자

돌리면 돌릴수록 잘 돌아가는
한 번도 거절할 줄 모르는
여자가
사랑하고 사는 것은 재봉틀이었다.

실수는 많았어도
인생까지 실패한 여자는 아니었노라고
재봉틀 앞에 조용히 고개 숙여 본다.

재봉틀 일기

항상 내 눈치만 엿보고 있는 그대 눈빛 때문에
나는 잠시도 한눈팔지 못한 여자가 된다.
우리 사랑만큼 아름다운 사랑이 있을까?
하루 종일 배고픈 말처럼 버티고 앉아
넣어주면 주는 대로 날름날름 받아먹고
배고프지 않는 날 없다고 길게 하품하는 그대
구르기 위해 세상 구경 나온 그대와
굴러주지 않으면 몸이 녹슬 것 같은 나와
마주 앉아
굴러도 개미허리만큼도 늘어나지 않는 재산
채워도 채워지지 않는 텅 빈 가슴
날마다 우리가 나눈 푸념들은 먼지로 날아갔을까?

젊음이 재산이라던 어른들의 말을 무시해 버린 청춘을
세상 다 알 것 같았던 싸가지 없던 청춘을

철없음으로 그대와 오래도록 살아 본 후에야 가소로웠
던 청춘
겸손을 문 닫으면 편할 것 같은 것들이 더 힘들어진다
는 것을
고장 나 멈춰 서 있는 그대를 보고 깨닫게 되었다면.....

재봉틀 앞에서
이제는 익숙해져 버린 온도와 습도 속에서
그대 체온을 느끼며
아직, 녹슬지 않는 부끄러움으로
발판 끝에서 하양하양 속삭인다.
겨울보다 더 비싼 봄은 지척에 왔다고.....

재봉틀에게

그대, 가슴팍에 맡기고 살았던 시간들
그대가 토닥거려주고 보살펴 주었지.

나의 울그락 불그락하는 성질 머리도
나의 삐뚤어지고 뒤틀린 속 알머리도
나의 변덕스러운 심시도 바늘 끝으로
다듬어주고 다독 거려 주었던 그대.

먼지 밭에 굴러다니는
보잘 것 없는 몸뚱어리
그대 옆이 아니면 어디 써 먹을 것 없는 몸이기에

추운 겨울이지만 가슴이 뜨거워
햇빛마저 비껴선 자리에 눅눅히 앉아
그대 옆에서 쉬지 않고 손발을 꼼지락 거렸지.
짜디짠 삶을 무탈하게 보내는 일은
입술을 깨물고 먼지마저 사랑해야 하는 것이니.

내가 사랑하는 것은 그대가 아니라
찰떡같이 시간을 지켜내는 일이었는지 몰라.
어젯밤 꾸었던 꿈이 그대 그림자였는지 몰라.
그대를 좋아하지 않고 바람을 좋아했는지 몰라.
하여! 나 그대 옆에 염치없이 또 이렇게 앉아
뜨거운 가슴으로 어제도 오늘도 그리고 내일도
쉬지 않고 손발을 꼼지락 거리고 있나니

재봉틀을 돌리는 여자

햇살이 닳아 뚝!뚝! 관절통을 앓는 곳에
종일 재봉틀은 돌아간다. 구부러진 골목에서
달을 속인 사랑이 가혹하기도 하겠지만
잘못 한 것이 어찌 사랑뿐이랴.
곰국냄새. 생선 냄새, 식당가에서
공복을 꼬드기는 냄새즐비해도
재봉틀은 잘도 돌아간다. 허리춤에 모여든
가난을 펄펄 끓인다 해도 쪼그라든 창자를
쉽게 펼 수는 없으리.
욕심에 욕심을 덧대면 노루발은 더 이상 나가지 않고
괜한 바늘만 부러진다.
달을 속인 사랑이 죄 없는 햇살조차 병들게 한 것은 아
닌가?
맥박보다 더 정확해야 하는 땀수에 초점을 맞추다보면
친정엄마가 살아온다고 해도 달갑지 않는 표정
딱 하루치의 바느질 살이의 살벌한 인생

눈 감을 저녁을 빌려 놓고 바짝 쫄고 있는 스위치를 누
른다.
모락모락 피어나는 라면 국물에
삼류인생을 저당 잡혀 놓고
화사하게 공복을 채우고
재봉틀을 돌리는 여자
옹근 입술이 차라리 더 예뻐 보이는
꿈 많은 여자

정, 재봉틀

살아오면서 정 둘 곳이 없어 그대에게
정들었습니다.
의지 가지 없는 허름한 도시에서
마음의 등불하나 그대 곁에
켜 놓았습니다.
저 도시는 희희락락 유혹했지만
내가 먼저 정주고 내가 먼저
배반 할 수 없었습니다.
그대 곁에 켜 놓은 등불
헝클어지고 무너져도 불쌍한 눈으로 바라보았던
그대 눈동자 때문에
우리 마주보며 살아 왔던가요.
우리 정분이 나도록 사랑했던가요.
우리들의 애처로운 이야기
우리들의 마음 상한 이야기
둘이 마주 앉아 햇살처럼 살아왔는데

세상에서 따뜻한 것이 정 아니던가요.
우리가 보내버린 나날들이 무릎에서
머물러 있는 것 같아요, 저리고 있네요.
언젠가는 내가 그대를 버리고 일어설지라도
그대는 언제나 늙음에서 나를 기다릴테지요.
내가 먼저 정 들여 놓고
징그럽다고 힘들다고 타박하고
미련을 버리지 못하고 날마다 찾아와
--구시렁, 구시렁,--
병든 내 마음 꿰매고 또 꿰매고
세상에서 제일 힘든 것이 정 떼는 일인가 싶네요.

퇴근 시간 쯤

- 재봉틀을 밟으며 -

이 시간쯤이면 손을 놓고 싶다.
하루 종일 울부짖는 그대
빈손 들고 달아난 시간들 속에
나도 같이 떠나고픈 마음이야

탁구도 치고 수영도 하고 싶은데
그대 곁에서 부대끼며 살면서
비가 오면 울컥 눈물이 난다.

헝클어져 나부끼는 것들을 부여잡고
완성으로 만들어가는 기쁨을 잊을 때에는
덜컥, 덜컥 울먹여진다.

그대가 항상 바라보고 살아야 하는 나와
그대 곁을 항상 떠나고 싶은 나와

날마다 먼 훗날의 세상살이를 훔쳐다가
박음질 하다, 나를 훔치고 도망간 시간들에게
흘겨본다. 오늘도 속아보았으므로

아직 미련이 많은 생은
자꾸만 그대를 만나고 싶은가보다.
퇴근하고 돌아선 오늘이
내 발바닥 같은 내일을 데리고 올 것 같으니 말이다.

한낮의 봉제공장

햇살 가득 긁어모아 재봉틀 앞에 앉은 여자들
절름거리는 살림살이 나란히 세우기 위해
발판을 구른다. 그때마다 들썩인 어깨 햇살도 어쩌지 못해
바늘 끝에서 뚝뚝 끊어지는 매운바람 소리
신음 할 겨를도 없이 바퀴는 수병으로 달리고
비탈진 그늘 속에서도 웃음꽃은 피어난다.

발판이 구르는 일정한 땀수만큼
한 걸음, 한 걸음 나아가다,
앞에 서서 가위질하는 또 하나의 얼굴을 보며
현실은 미래를 비추는 빛이라 믿어 본다.

스쳐 간 수많은 이름의 옷가지들
자르고 박음질하고 다리미질하며
바퀴가 굴러가는 만큼 나아지는 살림살이

고개를 뒤로 젖히면 빗장 물고 일하는 또 다른 얼굴
가끔은 꾀부리며 시간과 시간 사이를 물컹거릴 때
가늘게 우는 재봉틀 소리 불안함은
어쩔 수 없어
투명한 것은 속일 수 없어
가슴에 죄 짓는 물방울 톡톡 털어 낸다.

재봉틀 앞에 빗장 걸고 낮게 엎드린 여자들
얄팍한 세상
어디쯤 붙잡지 못하고 살아가지만
현실과 미래를 짭짤하게 저울질하며
삶의 안부를 숙련된 발판 속에 묻고 있다.

혜령언니의 재봉틀

좁은 골목 지나 구부러진 그곳에
재봉틀 돌리는 언니가 있다. 긴 장마 끝
빗물고인 웅덩이에 자동차 바퀴가 몸을 담그면
작은 유리창에 꽃무늬처럼 흙탕물이 찍히는데
참! 별것이 다 안부를 묻는다. 하며 웃는다.
그러거나 말거나 양손 가득 원단을
바늘 두 개짜리 노루발 속으로 밀어 넣는다.
칠십 고개를 바라보는 언니야!
이제는 그만할 때도 되지 않았느냐?
시비를 걸면 놀면 뭐하냐?
티비 예능 프로그램 제목처럼 웃는다.
어쩌다 이혼녀가 되어버린 그녀
두 번은 이혼하지 말아야지 하던 언니
차곡차곡 쌓인 원단처럼
가슴에 한이 많은 언니
팔자에도 없는 신내림을 받지 않으려다 아팠다던

지금도 몸에서 떠나지 못한 신들을
바늘 끝에다 꾹꾹 눌러 박아내다 보면
아프단다. 머리가 아프고 가슴이 미어지고
팔자는 뒤집어도 팔자라고 투덜댄다.
팔자는 넘어져도 오뚜기처럼 다시 일어난다고
응원해 주는 나를 보고 해바라기처럼 활짝 웃는다.
심심할 때 찾아가면 언제라도 반겨주는 언니
재봉틀이라도 붙들고 있어야 편하단다.
한글도 제대로 쓸 줄 모르는 언니가
미싱 기술 하나만큼은 예술이다.
생의 절반을 신내림과 싸우는 것이라면
생의 반절도 재봉틀을 밟아대는 것이라고
원단 한 조각, 한 조각 노루발 속으로 밀어 넣는
언니의 손이, 언니의 눈동자가
날마다 재봉틀을 타고 골목 가득 달맞이꽃으로
피어난다. 맑은 날이나 궂은날이나

희망공장

현장에 모여 있는 재봉틀은 달리는 말이다.
먼지와 사투하며 일하는 여자들
엄마라는 이름으로 빛내고 싶은 삶의 광택
가정이란 속박에서 벗어나
찌든 것들을 모조리 수챗구멍에 쑤셔 박고 싶은데

재봉틀 앞에 앉으면 불안이 사라지고
피곤해도 눈을 떠야 하는 눈꺼풀
여자들에게 이미 꺼져버린 세상의 화려한 불빛
여자들의 재봉틀은
평화로움의 꿈을 대롱대롱 깁는다,
그래야 일그러진 영혼이 바로 잡혀
꿈꾸는 자유는 새것처럼 반짝일 것이다.

재봉틀은 말이 없다.
종일토록 오뻐구! 오뻐구! 채찍하면
살아가는 일, 꿈꾸는 일
땀방울, 눈물방울 대롱거리는 평화의 깃발

재봉틀 앞에 앉아야 마음 편한 여자들
먼지와 싸우면서도 꿈은 자유롭다.
아무것도 하지 않을 때보다 일할 때가 좋다.
꿈꾸는 자유는 불평하지 않는다.
재봉틀 앞에 또 다른 씨앗을 심으며

3부

신나는 노루발

1978년 같은 반 친구에게

동창회 날, 늦게 도착한 친구가 술에 취해서
여상 다닌 누나를 학교 그만두게 할 수 없어
농사지어 고등학교 둘을 어떻게 가르치느냐고
아침밥 지을 때마다 부엌에서 들려오는 한숨 소리에
가슴이 열어졌다가 닫히고, 닫히고. 닫히고
장래의 희망이 피있다가 시고, 지고, 지고
공부를 포기해 버렸다고, 어쩔 수 없었다고
살면서 가끔은 그 시절이 가슴에서 출렁거린단다.

야! 너는 힘이 부친다는 말 아니?
풀려버린 눈동자에서 삐걱거리는 생의 한 페이지가
내 술잔 속에서 펼쳐지고 있었다.

그래도 야! 너의 어머니 대단한 분이야.
남아선호사상이 뿌리 깊은 그 시절에 누나를 고등학교
보내고

우리 그것만 생각하자. 그리고 너!
엄마의 한숨 소리를 읽을 줄 아는 너 괜찮은 녀석이야.
인정할게.

나이 먹으면 배운 사람이나 못 배운 사람이나 똑같단다.
우리 똑같은 사람 되려고 멀리 떨어져 살았나 보다.
아직도 할 말이 많다는 너를 뒤로 한것은 미안하지만
동창! 외로우면 고달프면 마음을 쪼개어 던져 봐.
어두운 것들이 한 잎씩 환해질 거야.
술이 발효되듯이 우리도 그렇게 발효되어 가는 거야.

1980년대 가리봉 연가

순자야! 정숙아! 명자야! 향란아!
오랜만에 불러본 그리운 이름들이구나.
80년대 우리들은 시다반장이란 이름으로
굳게 닫힌 현장 문을 열고 닫으면서
총무과, 재단과, 자재과, 포장과, 샘플과로
이리 뛰고 저리 뛰면서
가슴에 피어나던 꽃봉오리 숨기고 감추었지.

중학교 졸업이 부끄러워 잿빛 작업복을 죄수인양
쪽가위로 질경이 풀을 뜯어내듯 뜯으며
고향 이야기 산같이 풀어내던 정숙아!
항상 사랑에 빠진 명자야!
지금은 어느 하늘가에서 꽃봉오리 피어올리고 있는 거니?

기숙사 담장 너머로 사 먹었던 핫도그가 왜 그리 맛있
더냐.

개구멍으로 드나들던 우리들의 아지트가 왜 그리 즐겁
더냐.
우리들의 성격을 정말 잘 파악해주던 상훈이 아저씨
마이너스 인생을 살지 말라던 봉준이 아저씨
노동조합 결성에 목숨을 걸고 손가락을 잘랐던 찬호아
저씨
글로벌 시대가 온다고 영어 회화를 열심히 가르쳐 주
던 영식이 아저씨
지금도 패턴을 뜨고 마카를 그리고 핸드 라이프를 돌리며
살까.

순자야! 향란아!
너희들이 월급을 받으면 우정을 쌓는다고 기숙사 밖으
로 나갈 때
항상 빛에 쪼들리며 사는 아버지 생각에 나는 어울리
지 못했으니
생일이면 내 옷장에 선물을 몰래 놓고 가던 마음씨 고
운 향란아!

모질게 내쳐버린 냉정했던 내 마음이 긴긴 세월이 흐르고야
고마운 마음씨 이제야 받고 있구나.

모두가 퇴근해 버린 현장 문을 꼭꼭 걸어 잠그고
캄캄한 앞날을 어떻게 살까? 고민하던 열아홉 시절
가슴에 바람은 왜 그렇게 불어대더냐.
가슴에 파도는 왜 그렇게 사납더냐.

바람을 타고 파도를 타고
춤추던 스무 살, 고달프던 서른 살, 눈물 나던 마흔 넘어
지천명 중에 너희들의 이름이 내 가슴에 새겨져 있구나.
모두다
꽃봉오리 곱게, 곱게 피어내고 있겠지.

1981년 그해 겨울 풍경

친구들은 고등학교 입학한 그해
내 삶의 장문은 다글다글 기계소리 요란한 봉제공장
아직 길들여지지 않는 사회생활은
마치 기차표 없이 기차를 타는 사람처럼
하루하루 살아간다는 것은 언제나 불안했다.
고향이 어디냐고 물을 때마다
빨갛게 달아오르던 부끄러운 핏줄
연장근무, 야간작업, 밤샘하면서
툭! 하면 눈시울이 뜨거워

원단을 물고 달려가는 톱니 사이로
어린 시절 꿈꾸던 감성은 깨어지고
고향에서 날아오는 편지 속의 사연들은
현금이 귀하다는 농촌 현실을 반영하면서
보고픔, 가득 징징 활발하게 돌아가는 재봉틀

저녁을 먹으러 모여드는 식당에는
와글와글 수런대는
하루가 팽팽하게 자리 잡은 시간
삶의 생기가 터덕거리고
소금꽃 피워내는 푸념들
마른 나뭇잎 같은 피곤함이 눈발 되어 날렸지.

외로움에 목마르던 열일곱의 타향 객지
빨갛게 타오르던 핏줄마다 두근거렸던 꽃봉오리
씨눈을 감춘 채
그해 겨울, 일기장 속에서
꿈틀거리는 글귀가 손 시린 풍경으로 머물고 있었네.

2016, 휴전선

너는 너대로
나는 나대로
서로 믿지 못하고 불안한 얼굴로
한번은 폭발할 것 같은 기세로
숨죽이며 참고 살아야 하는가?

꽃이지만 꽃을 알지 못한 채
북한 사람은 북한에서 북한 땅만 밟으며
남한 사람은 남한에서 남한 땅만 밟으며
무엇이 이 나라에서 믿음을 가져가 버린 것인가.

6.25 때 이름없는 유혈로 잠들어 버린 저 산야에서
풀과 나무는 통일이 된 듯 어울리는데
휴전선은 언제까지 휴식만 취하고 있을 것인지.
휴전선은 언제까지 역사 이야기로만 남을 것인지.

터져야 한다면 기필코 막아야겠지만
풀어야 한다면
죄지은 것 불러 모아 사죄하며
한 올씩 한 올씩 풀어야 하지 않겠는가.

너는 너대로
나는 나대로
언제까지 불안한 얼굴로 응시하며
총부리 받들어 모시며 견디며 살아야 하는가?

꽃이지만 꽃을 알지 못한 채.

가을 하늘처럼

가을 하늘처럼 푸른 그 마음 때문에
이 사람에게 이야기하고
저 사람에게 말해 보다가
결국
푸른 눈물만 뚝뚝 떨어졌네.

이 사람도 내 마음 같아라.
저 사람도 내 마음 같아라.
정을 주고 믿어 보다가
쓰디쓴 배신만 당했네.

이제는 아니 믿으련다.
장대들고 그 가슴 퍽퍽 치다가
그 사람이 그 사람이라고
노을에 비친 꽃들은 웃었네.

가을 하늘 처럼 푸른 그 마음 때문에

가을날 오후

저기 좀 보세요. 그대
불타는 듯한 저 산을
제 몸 사르도록 사랑하는 저 모습을

속까지 드러내 놓고
각양각색으로 몸을 비틀고
가지 끝닿는 곳까지 온 힘을 다해
단풍으로 맞이하는 황혼의 언어

여기 좀 보세요. 그대
길 위에 노란 이마를 부비는 은행잎을
떠난다는 것이 미련이 없다는 것이
얼마나 야물딱진 맹서인지

가을은 깊어 가는데, 깊어만 가는데
이 가슴 단풍드는데
붉은 독 사발을 마시는 것처럼 서러운데.....

가을에 대하여

가을,
우리 가을에 대하여 이야 하지 않으련?
어머! 가을이네. 하면 홑 가을이고
벌써 가을이구나, 하면 겹 가을이란다.
여기저기 노랗게 빨갛게 물들여진 나뭇잎 속으로
태양의 향기 머물고 있는 세상은 오직 절제된 색깔
마흔 여섯, 나는 홑 가을을 지나 겹 가을 속으로 들어
가고 있구나,
쓸쓸하다는 것은 누군가를 그리워하는 것이겠지.
누군가 노란 만남으로 다가 올 것 같은 고요함
그땐, 두 손 꼭 잡고 따뜻하게 안아줘야지.
그래! 가을은 그치고 절제함으로 물들어 가는 것
살금살금 살짝살짝 어느 것으로라도 사라지는 거야.

다음 봄에 새싹으로 돌아나는 것처럼
시끄럽던 세상을 조용하게 만드는 거야.
끝내는 조용조용 잊혀져가는 거야.
겹 가을이 홑 가을을 생각해 내지 못하는 것처럼
너와 나 우리 모두
진짜 가을을 사랑할 때까지
우리 침묵을 깨고
가만히, 가만히 속삭이지 않으련?

가자 일터로

일터로 가자
멍에를 짊어지고 쟁깃날을 끄는 황소처럼
등뼈가 아리고 허리가 휘어질지라도
눈을 뜨면 늑골까지 욱신거려도
가자. 일터로
일하는 시간이 되면 재봉틀 돌아가는 소리
정지해서는 안 되지.
일하자.
가버린 어제의 것들에게는 입을 다물자.
오늘의 것들에 대해서만 궁금해 하자.
꼬막 껍질 같은 우리네 인생, 단순하게 살자.
밟아도, 밟아도 밟히지 않는 세월의 시계바늘
다그치지 말자. 서두르지 말자.

아무리 바쁘더라도 바늘귀에 실을 넣어야
모든 것이 순조롭게 돌아간다.
주르르박, 주르르박, 이런 소리가 나야
하루가 풍요로워 지는 것을, 그게 우리네 삶인 것을

경칩 무렵

할머니 볼우물처럼 살가운 양지바른 곳에
따뜻한 햇볕 향기롭게 퍼지고 있네.
시린 뼈 끄집어 더디게 끌고 가는 바람
할머니 등 뒤에 햇볕 업고
어린 쑥들의 울음을 어루만지는 거칠었던 손길
짜고 매웠던 6.25 난리를 겪으면서
모래알 씹는 것보다 힘든 고개가 봄언덕이었다고
할머니 몸빼바지 사이로 바튼기침 소리 들판으로 퍼졌네.
살아 온 세월이 다 떨어진 헌신짝보다 못하다고
햇볕 환하게 퍼지는 곳마다 거친 손을 더듬었던 할머니
쑥은 배고픔을 달래주던 제일 반가운 손님이었다고
할머니 옷자락에서 푸른 물이 뚝뚝 떨어졌네.
저 양지바른 곳을 보고 있으면 입 안 가득 쑥 향기가 나
는데
소금물보다 짠 고통을 다 용서하고
봄날을 즐기셨던 할머니

할머니! 하고 부르면 오매! 내 강아지
쑥밭같이 웃으며 안아주던 할머니의 낭창한 가슴팍
평생을 까막눈으로 삶을 쓸어 담았던 저 들판
할머니가 자리 잡고 누운 양지바른 곳에서
쑥국 냄새가 날아온다. 눈물이 범벅이 된 채
논두렁 가득 울어대는 개구리 소리들
여기저기 쑥들의 웃음소리가 쑥쑥 들려온다.

까치집

어쩌다 저 위태로운
가지 사이에 생을 걸쳤을까?
비바람, 눈보라, 벼랑 끝
하늘이 보살피는 시선 아래
삶을 의지 하고 싶었나 보다.

그 누구도 범하지 못할 허공
가지 하나하나 물어나를 때마다
얼마나 간절했을까, 그 떨림이
인고의 시간으로 따뜻하게 온기데우는
둥지 속의 풍경

더 이상 허물을 벗지 않아도
봄을 기다릴 수 있는 내 집

저 막막한 가지 사이에
각심 하나 매달아 놓고
꽃피고 **푸를 봄**, 손꼽아 기다릴 거야.

나의 노래

꿰매고 또 꿰매고
날마다 이렇게 엎드려 꿰매다 보면
잘 사는 날이 있을 거야.
믿는 대로 되는 것이라고 마음먹으면
발판은 저절로 굴러가더라.

다시 아침이 오면
발판을 밟아보는 거야.
막힌 마음 열고 살면 천국도 보인다는데

살아 보는 거야.
시끄러운 세상이라고 해도 꽉 잡아 보는 거야.
죽을 각오로 살다보면
눈부시게 빛나는 세상이 보일거야.

오라는 곳도 없고 갈 곳도 없어
앉은 자리가 맨 날 재봉틀 앞이지만
여기가 제일 마음 편한 자리인거야.

세상이 날 알아주지 않으면 어떤가.
내가 세상을 알아 가면 되는 거지.
모르는 것을 차츰 알아가는 것이 세상살이 아니던가.

내 그릇

그대 곁에 있으면 마음이 편안하오.
세상 근심 걱정 다 떠맡아야 버린 그대여!
퍼석퍼석한 거처가 이유 없이 짜증이 나고
마음이 답답해도 그대 곁에 앉으면
바늘 끝으로 보이는 아이들의 눈동자와
발판 밑으로 흐르는 알 수 없는 리듬이
마음의 문이 저절로 열리니 이 시간만큼은
아이들의 눈동자에 별을 따다 주고 싶고
알 수 없는 리듬 속으로 아무렇게나 흥얼거려도
그대 곁에 앉으면 나는 나를 알아채지요.
그대가 나를 붙잡고 있는 것이 아니라
내가 그대에게 매달려 살아간다는 것을
내 마음이 따뜻하오. 내 마음이 편안하오.

시간을 붙들고 바늘 끝에 매달려
바늘 끝이 만들어 놓은 길을 따라가면
내가 살고 있는 틈바구니가 보이는 걸
손가락사이로 틈바구니를 꽉 잡고 있으면
저만큼 웃고 있는 내 사랑스런 아이들의 얼굴
아이들의 영혼에 빛나는 날개를 준비하고 있는
이 시간
편안하오. 따뜻하오. 고마운 내 곁의 친구

내 유년의 해질 무렵

시커먼 입술을 떡 벌리고 앉아있는 아궁이
네 어미는 도대체 어디 갔더냐?
눈이 빠지도록 바라보았던 산꼭대기
열 살배기 어린 내게
기다린 것보다 더 중요한 것은
시커먼 아궁이에 불 지피는 일이었다.
무언가를 집어 삼킬 것만 같은 빨간 불꽃
아랫목이 따근해져도 구만리로 달아나는 연기
목이 쉬도록 불러보는 그 이름은
알뜰하게 재만 남기고

꼬박꼬박 집 나간 엄마를 기다린 그 해 겨울
눈 내리는 압록역을 지나
어디쯤 걸어오고 있을 것만 같은 엄마의 그림자
눈이 벌겋도록 들여다보았던 처마 밑 고드름
뚝 뚝 떨어진 파문의 기다림은
싸드락, 싸드락 내리는 눈발에 나뒹굴고 있었다.
어둠이 웅크리고 있는 텅 비어 있는 집
돌아 올 수 있다면, 그 겨울이 다 가도록
군물을 지피고 또 지폈던 내 유년의 겨울

농가의 가을

한낮에 내리 쬐는 뜨거움은
늙은 어머니의 햇살

장독대 옆에 널어놓은
고운 고추는
볕 받아 붉게 빛난다.

논 팔고 밭팔고
찬바람 몰고 간 자식들
소식조차 없는데

밤송이만 입을 떡 벌리고
하늘을 물고 있구나.

눈

하늘이 울고 있다네.

효자동에 있는 건물 값이 비싸
어은 골 정자나무 밑으로 이사 온
코리아 패션은
형광등 희미해도 재봉틀은 잘 돌아간다네.

한번 빠져 버린 눈 속에서 행복을 뜸들이며
내년 봄에는 적금을 타고
내년 봄에는 이사를 가고

돌아오는 봄은 먼-먼 이야기이지만
아이의 바지 단을 고치고
남편의 잠바를 고치고

하늘이 울고 있다네.
있다가 뭣이 올랑가벼---

푹푹 빠질 것 같은 눈길 속에
발목을 맡겨버린 여자들

달-달-달 돌아가는 재봉틀은
오늘도 어김없이 하루를 밟아가네.

눈 내리는 팔복동

폐지를 가득 실은 손수레가 멈춰 섰다.
바퀴에 바람이 빠진 것이다.
체면을 무장 한 체 골목골목
버려진 종이상자들을 납작납작
손수레위에
정성들여 쌓아 올린 폐지들이
마이산 돌탑처럼 성스러워 보인다.

움직이던 공든 탑이 멈추었다.
체면 없이 눌러 앉은 바람 빠진 손수레
새벽부터 흔들고 내 달리던 세상이
힘겨웠는지 푹 주저앉았다.

목을 칭칭 감고 있는 저 노인의 목도리
허름한 옷매무새가 거리의 수행자 같다.

새벽을 밟으며 쌓아 놓은 종이 탑을
올려보며
하루치의 품삯을 바퀴에 묻고 있는데

바람 빠진 손수레는
애타는 노인의 마음을 모르는 양
길 위의 소복이 쌓인 눈을 지그시 바라보며
부처처럼 말없이 미소만 짓고 있다.

눈먼 봄날

중년의 무거운 짐을 재봉틀 위에 부려 놓으면
눈먼 봄날은 어깨를 스치듯 지나간다.
창밖 나뭇가지 사이 봄 한 자락 물고 앉은
참새 한 마리
낮은 세상으로 살아가는 봉제공장을 들여다보며
남루한 허무를 쪼아대고
눈먼 봄날은 간다.
중년 여자에게 피어나는 참 많은 꽃 외면한 채
눈 밝은 여름이 마음 약한 봄을 데리러 와선
붉은 얼굴로 한 보름쯤 머물다
계절을 분간할 수 없게 혼동시키고
말로만 들리는 꽃구경, 잎 구경
시간의 발자국 찍어내는 재봉틀은
하루 종일 꽃 편지 둥글게
둥글게 중년 세월의 꽃 무더기 만들지만
봉제공장만 못 찾아오는 봄이야!
한 번쯤 웃으며 머물다 가도 좋으련만.

동창회

- 중학교 졸업 35년 후 -

좋아서 마냥 좋아서
보고 싶어서 정말 보고 싶어서
설레이며 찾아간 그곳
반갑다고 손잡아 주고 안아주고

그 시절, 필통이랑 책가방이랑
양철 도시락, 까만 교복이
너의 등짝에 딱 달라붙어 있구나.

아직은 어색해서 젓가락이 떨리고
아직은 낯설어서 술잔이 흔들리고

한 녀석은 고주망태로 공부를 일찍 포기해 버렸다고
동공이 풀렸다가 모아졌다가
한 녀석은 떡이 되어 잘났다고 큰소리치며
혀가 고부라졌다가 펴졌다가

너의 이마에 근심대신
너의 마음에 아픔 대신
트로트, 뽕짝 리듬에 몸을 흔들며
우리는 서로서로 그늘이 되었지.

늦은 밤, 느닷없는 색소폰 연주에
섬진강 엉겅퀴 깜짝 놀랐을거야.

묻지 마라. 내 나이

늙은 재봉틀 하나가 가부좌를 틀고 아침마다 나를 기다렸다. 나이 든 재봉틀이 벙어리처럼 앉아 우리 가족을 먹여 살렸다. 대추나무에 연 걸리듯 빚 많던 아버지가 잠언처럼 읊어대던 인생 외상장부, 돈이 불덩어리라도 집어먹겠다던 아버지의 돈타령을 멎게 하였고 동생들의 학비를 대어 주었고
병든 엄마의 약값을 만들어 주었고 ....
오늘보다 내일이 더 나을 거라는 꿈을 만들어 주었고....

내 나이 묻지 마라.
벌떼 같은 근심 걱정도 재봉틀 앞에 앉으면 편안해 지나니
생떼를 서 보아도 하늘과 구름은 내 편이 아니나니
남의 것을 엿듣고 엿 보아도 내 것은 한 푼도 없나니

유행가 가사 말이 틀린 것이 없더라.
슬픈 노랫가락 일수록 바느질이 더 잘되는 법
통통 불어 터진 장단지가 아장아장 시간을 잠재우면

묻지 마라. 내 나이를
세상살이에 문 닫고 살아 온지 몇 해 인지
봉제 공장 문틈으로 새어 나간 자줏빛 꿈 하나
회류하지 못한 채 여우비처럼 수시로 엿듣고 있느니라.

미련

순이가
누구냐고 누가 묻거든
잠시 지나가는 비처럼
젖은 눈을 가진 여자라고 말해 주오.

어느 날,
또다시 순이가 누구냐고 묻거든
그럭저럭 지내다가
정이 들었던 여자라고 일러주오.

먼 훗날
누군가 순이가 누구냐고 묻거든
그 가슴에 나를 담아 두고 싶은
세상에 하나뿐인 여자라고 대답해 주오.

봄, 사판

찔레꽃잎 흩날리는 앞산 숲속
밭둑과 논둑 사이, 골짜기 너머까지
쑥국 새 우는소리가
온 숲속을 흔들고 있는 중이다.
똑같은 반복으로 토해내는 울음소리가
짙푸른 들녘의 비밀을 캐묻는 듯하다.
생의 알림이 어쩔 수 없는 소리였다면
들판을 속속히 드러내고야 말겠다고
이판, 사판 끝장이라도 낼 듯 울어 싼다.

나도 저런 시절이 있었지.
가난한 살림살이 어찌해 볼 도리 없어
어린 아들 업고 어린 딸 손잡고
남들처럼 살아보려고 나물 뜯고 약초 캐어
머리에 이고지고 정신없이 들판을 쏘다녔던
성난 암사자처럼 억척스럽던 날

시장바닥에 앉아서 봄볕을 사달라고 외치던 날
눈가에 이슬이 머물고 마음 둘 곳 없었던 시절
가슴 한 칸 옹이로 남아 멍들었던 그 봄언덕,

쑥국 새가 저토록 울어 쌓는 그 속내
봄한판을 흔드는 소리가
남 같지 않게 들리는데, 내 마음도 덩달아
속이 탄다, 애간장이 미어지도록 짠하다.

봄날

너울거리는 햇살 공장 뜨락으로 내려앉는 날
꽃바람, 잎바람 봄빛 고운 소리 야단이지만
뒤엉킨 고무줄 잡아당기는 기선이도
쪽가위로 불량을 뜯어내는 남숙이도
희나리 진 마흔의 언덕배기에 앉아

반짝이어라, 눈동자 꽃샘, 잎샘
재봉틀 속에 달달 밀어 넣고
눈부시어라, 미싱바늘 어둠과 내통하는
가난 꼭꼭 찍어내고

봄소식 꾹꾹 눌러 박아야
때 절은 살림살이 번들거리지.
노란 햇살이 창문 너머로 유혹해도
어쩔 수 없지.
어쩔 수 없지.

오는 봄, 오글오글 고샅길로 날려 보내고
가는 봄, 가릉가릉 용달차에 실려 보내고

와꾸!와꾸! 드르륵 드르륵
재봉틀 타고 살다 보면
기우뚱거리는 살림살이 수평이 되는 날 있겠지.
얼어버린 우리네 삶에도 새순 돋듯 물 찰 날 있겠지.

봄날은 간다

연분홍 시절
꽃 같은 날들이 엊그제 같은데

안타까움 물고 가는 번뜩임이여
인정에 허기진 그리움의 출렁거림이여

꽃 아닌 꽃을 붙들다가
긴가 민가 허둥대다가
봄 천지 꽃 사판 쫓아다니다가
꿈 아닌 꿈을 헤메이다가
나의 봄은 가시바늘이었어라.
한잎 두잎 날아가는 꽃잎마다
나의 생은 쓰라림이었어라.

꽃만큼 뜨거운 것이 있을까
떨어짐으로 기쁨이 되는 것을
알알이 익어가는 저 지독한
오기의 고약함이여

연분홍시절
살 터지도록 사랑한 봄날이
한발 한발 내 달리고 있는 지금
맥없이 주저앉아 뒤돌아보지 않는 그대를 불러 본다.
연분홍 치마가 봄바람에 휘날리더라.

봄비가 출출할 때

창밖에는 비가 내리고
현장에는 재봉틀이 돌아가고

봄비가 내리면 참 환장한 일이야
꾹 쳐 박혀 재봉틀 돌리는 늙은 여자의 청춘은
술독이 벗어 놓은 후진 담요처럼 초라해
어디선가 꿀꿀한 향기가 더듬거리면
이제 갓 올라온 부추 뜯어다가 부침 지져 막걸리
한 사발 마시고 싶을 때

봄비가 내리면 먼먼 이야기 가득 담고 찾아와 줄 것 같은
주소는 알지 못하지만 편지 한 장 받아줄 것 같은
꽃피는 봄날, 바람 들지 않는 여자 어디 있으랴.
비 내리는 봄날 출렁이지 않는 가슴 어디 있으랴.

살아있다는 것만으로 출출함이여!
쓸쓸하다는 것만으로 위독함이여!

창밖 한번 바라보고
재봉틀 한번 쳐다보고

부탁 한마디

여보게, 털털한 친구
공장 다닌다고 너무 괄시 말게나,
못 배워 아둔한 것 많지만
남에게 폐 끼치며 살고 싶은 맘
한 푼어치도 없으니

재봉틀 돌리며 자존심 꼿꼿이 세우고 사는 것은
남에게 손 빌리지 않고 부지런히 사는 것 밖에 몰라
가난 앞에 잃을 것은 모조리 잃었지만
희망이라는 삶의 뿌리는 잃고 싶지 않았다네.

인생이 꼭 교과서에만 있다던가,
삶이 꼭 공자, 맹자, 박사학위에만 있다던가,
무시 받아도 참았다네. 자존심만은 건드리지 말게나.
재봉틀 돌린다고 단순한 사람이라 치부하지 말게나,

30년 재봉공 영자언니는 아들이 의사 인턴이고
30년 재봉공 순자언니 아들은 대덕단지 연구소에 취직
했다네.
쭉 재봉틀 돌리고 사는 나도 아이들 학원 한군데 보내
지 않았다네.

잘 배워 잘 나가는 친구야.
공장 다닌다고 지혜조차 없다던가.
공장 다닌다고 낭만조차 없다던가,
공장 다닌다고 추억조차 없다던가,
공순이, 공순이, 부르지 말게나.

재봉틀 돌리는 내 눈동자에는
고향의 시냇물이 가슴에서 흐르고
노을이 내려앉은 밭둑에서 황소가 풀을 뜯고
아버지 입에서는 항상 막걸리 냄새가 홍건 하다네.

사람이 좋아 내 이름을 공순이라 부르는 친구여!
누구도 탓하지 않고 꿋꿋한 그대 친구가
재봉틀 돌리며 살아가는 공장 여자가
애원하며 부탁하는 말 듣고 있는가?
막막한 이 가슴 그대는 알고 있는가?

비 내리는 팔복동

고물들을 한 가득 실고 가는 손수레
바퀴 아래로
관절 꺾인 소리가 둥글게 난다.

빗발치는 아스팔트 길
쳇바퀴의 빗살무늬가
허풍으로 쓰러진 지난날의 거품을 고르는 사이
빗방울이 양동이로 퍼붓는 듯하다.

철모르던 시절에는
헛기침만으로도 세상을 바짝 말릴 만큼
대찬 옆구리 몇 개쯤 끼고 살았건만
너무 조급하게 쓰고 말았던 어제의 어제가
차곡차곡 수레위에 쌓인 종이상자들로
다시 찾아와

무거운 죄 한가득 실고 고물상으로 가는
이런 생각 저런 생각 찾아들 틈 없다 가도
가난에는 나이가 없는 것을
나이 듦에는 벼슬이 없는 것을
무서운 늙음 앞에서 말똥구리처럼 굴러야 사는 것을

이마를 닦으며 하늘 한번 쳐다보고
팔복동이 재개발 된다는 소식을 안고
걱정 한마지기 철거덕, 철거덕 끌고
고물상으로 가는 모자를 꾹 눌러쓴 등 굽은 노인

비 오는 날의 풍경 하나

야간 강의 끝나고
빗방울은 앵두 알처럼 떨어지고

비옷 입고 가방 메고 우산 쓰고 자전거 끌고
횡단보도 앞에서 신호등을 기다리는데
어디선가 나를 쳐다보는 시선하나

아! 창피해라. 우산으로 가리면
아니? 뭐가 창피해요. 우산을 올리고

창피해서 어떡해? 발을 동동 구르면
멋있기만 하는데 참, 하며 웃고

왜 하필 여기서……
저기 악기사 가려고요.
멋있는데 어쩐다고
배운다는 것이 중요하지요.

쉰둘, 나이 든 여자 학생과
쉰둘 동갑내기 남자 교수님과
사거리 신호등 앞에서 옥신각신 하는데

빗방울은
엇박자로 리듬을 타고 있었다.

살아 수도승

봉제공장에 모여 살아가는 사연들을
하소연 한들 무엇 하리.
엉덩이 붙이고 앉아 일하는 자리가
제일 좋은 터이니
바늘 한번 부러질 때마다 도를 닦는 것이려니
참으며 발판을 밟아야지.
참으며 발판을 밟아야지.
살아 수도승이여!
봉제공장에 모여 사는 여자들이여!
침묵은 형광등아래 눈부시구나.
왜 하필 놓쳐버린 첫 사랑을
초라한 골목에서 만났을까?
귓불까지 붉어지는 부끄러운 가난
삭히고 또 삭히며
말 못하고 살아가는 고단함이여!
참고 견디는 봉제공장 수도승이여!

삼위일체

재봉틀 옆에 가만히 앉았던 쪽가위
금방 사라졌다. 분명히 있었는데
발도 안 달린 것이 어디로 갔을까?
재봉틀이 돌아가는 순간
쪽가위 없이는 아무것도 할 수 없는데
어디 갔지? 어디 있지?
마음이 먼저 허둥댄다.
쪽가위가 없어졌다는 것은
머리에서 혼이 나갔다는 것이다.
의자 밑을 쳐다봐도
여기저기 둘러봐도
눈을 가려버린 그 놈의 쪽가위
날 두고 어디 갔을까? 누가 내 쪽가위 본 사람
없나?
모양과 생김새는 달라도
재봉틀, 쪽가위 그리고 나
서로 잘 어우러져야 하루를 즐겁게 살아나가지.

선운사 육자배기

동백꽃이 좋았지.
그 밤이 좋은 것은 아니었어.
고랑으로 피어 있는 것이 전부 꽃인 줄만 알았지.
아무도 모르지.

꽃만 환장하게 좋았지.
낭자하게 선혈한 유혹
반평생을 이 고랑에서 살 줄 누가 알았겠나.
꽃만 피고 꽃만 지는
선운사 동구에서

사람만 연모인가
꽃도 술도 연모이지
사람만 사랑인가
꽃도 술도 사랑인 걸

동백꽃이 좋았시.
선운사 고랑이 좋았지.

술 한 잔

시인이 좋아서 시를 흉내 내기도 하고
가수가 좋아서 노래도 불러 왔지만
그것보다 더 좋은 것은 친구이더라.
그것보다 더 좋은 것은 돈이더라.
그것보다 더 좋은 것은 술이더라.

으라차차 친구야!
으라차차 열심히 일하여
좋은 날 만나서 술 한 잔 맛나게 마셔보세

힘들다고 짜증내지 말고
버티고 견디는 자가 돈도 따라 오고
즐겁게 사는 인생 친구도 따라 오고

으라차차, 으라차차 열심히 일하고
궂은 날이나 맑은 날이나 참고 견디어
우리 모두가 시인이 되고
우리 모두가 가수가 되어
한 때 한자리 모여 술 한 잔 맛나게 마셔보세

신나는 노루발

이른 아침 라디오를 켜고
세상을 흘러가는 것들을 모아
노루발 속으로 밀어 넣으면
톱니는 원단을 물고 지나간다.

엎드린 자세, 집중된 눈동자
발판을 밟아대는 힘은
하루를 맡긴 것이리라.

굴종하듯 등을 구부린 자세는
살아가는 동안 최선의 길이리라.

들려오는 라디오의 사연이 귓전에 앉을 때마다
터지는 실밥을
칭얼대는 아이를 달래듯
조심조심 뜯어낸다.

어느 날은 고장이나 꿈쩍 않고
하루가 그냥 줄줄이 달아나도
노루발이 느리게 걸어도
늘 그 자리는 지키는 것은 재봉틀이다.

생애 한고비, 한고비
바늘구멍으로 하루치를 꿰메는 일은
투박하고 하찮은 것으로 보이지만

엎드려 고개를 숙이고 발판을 구르는 일은
날마다 노루발을 뛰게 재촉하는 것은
우리 집 울타리를 든든하게 만드는 도구이다.

발판을 밟아대고, 엎드려 집중하는 자세는
우리 집 기둥을 일으켜 세우는
신나는 노루발의 덕분이다.

신혼 시절

연탄불이 꺼져 가도 좋았을 신혼의 꿈은
헝클어진 믿음의 끈을 바로 잡아당기는 것이었다.
상실된 마음의 공터에 우묵한 약속 하나 심어 놓고
하늘이 허락 없이 세간을 들고 날 때마다
따뜻한 햇볕 한 장씩 부지런히 모으는 일이었다.
철 따라 화분 하나씩 들여놓고 하늘을 지키게, 만들었고
비의 줄기는 지나가는 바람을 붙잡아
남편의 바스러진 어깨를 토닥이게 하는 기도였다.
창문 앞에 낡은 재봉틀 하나
풍경화처럼 배접하면
그믐달은 우리의 신혼을 탐색하는 양
셋방살이 초라함을 뒹굴다 사라졌다.

밤새도록 재봉틀을 돌리면
내일을 꿈꾸는 별들이 수정 알처럼 반짝였고
축포처럼 쏟아지는 빗소리는
하염없는 환열을 박음질해 나갔다.
생각하면 없는 것이 태산 같았던 그때
덜 익는 사랑을, 완성이라 착각한 철없음이
이제는, 듬직한 울타리에 감나무 심어 놓고
붉게 익은 홍시
떼 까치들이 날아와 오종종 쪼아 먹어도
내 마음 넉넉해져 하늘 가득 흐뭇하다.

쓸쓸한 고향 풍경

일흔 둘인 송산댁이 지팡이를 짚고
한 손에는 파스를 들고 우리 집까지 오셨다.
힘겹게 마루에 앉더니 등짝을 아버지 쪽으로 돌렸다.
아무렇지도 않은 듯 일흔다섯인 아버지는
파스 껍질을 어렵게 떼어 송산댁 등짝에 붙이고
손바닥으로 탁탁 두드린다.
이런 보습을 처음 본 나는
늙은 송산댁이 아버지 세 번째 부인 같았다.
첫 번째 나의 생모는 아버지하고 살기 싫다고 나갔고
두 번째 계모는 교통사고로 돌아가시고
물 건너 혼자 사는 송산댁이나
다리가 불편해 꼼짝, 못하는 아버지나
부부 아닌 부부가 되어 서로 의지하며 살아가는데
사는 날까지 아픈 데만 없으면 좋겠다는데
농사지으며 살아온 세월에 씻기어
잘게 잘게 닦아 놓은 밭이랑이
송산댁 얼굴에, 아버지 얼굴에 새겨져 있었다.

아가에게

아가야!
너를 처음 맞던 날
한 엄마로 만들어 준 네가
참으로 예쁘더구나.
너의 고사리 같은 손으로
잡을 세상을
난 아직 상상도 못 했단다.
엄마의 바람대로 자라 줄 너의 가슴에
힘든 것과 힘들지 않는 것들을
구분해서 넘겨주기에는
그저 가슴이 아릴뿐
아가야!
맨발로 시작할 너의 부드러운 발바닥이
간지러움으로 가득 찬 세상을
뜨겁게 기다리고 있는 이 봄날
마음씨 좋은 바람이

노랗게 풀어 놓고 있지만
난 바라보고 있을 것이다.
네가
밟고 지나가야 할 세상살이를
기쁨과 슬픔이
생각보다 많은 사람살이를
이 세상 한 구석에서

언젠가는

대야에 담가놓은 빨래처럼 외로움, 깊어도
종일토록 달리기만 하는 바늘의 꿈은 푸르다.
대출금 이자 갚아야지. 아이들 대학 보내야지.

근심이란 근심은 바늘구멍 속으로
짱 박아 넣고
열심히 숨을 고르느라 좁은 통로에선
온갖 모진 분비물이 흘러나오지만

가난에 잡혀버린 몸, 진저리 치다,
노는 것이 견디기 불안하여
조각난 것들을 모조리 꿰매다 보면
허파에 들어앉아 팔랑거리던
허황된 바람도 얌전해지고

한바탕 기운을 쓸 태풍처럼 용트림하는 재봉틀
아직 리듬을 익히지 못한 실로폰 연주처럼
거칠고 불규칙하고 허술한 살림살이
우리 집에도 꽃처럼 활짝 피어나는 날 오겠지.

여자의 바다

밤이면 누구도 근접 할 수 없는 바다가 있다.
침묵으로만 물결치는 산업현장 야간근무
세파에 패대기 당하고 여기까지 밀려 온 노동자
말뚝처럼 움직이지 못하고 제품만 바라보는 것이
생의 넓이다.
고삐의 길이만큼 왔다. 갔다.
삶의 방정식이 잘못되었다고 따질 때가 있었지만
눈물은 행복의 싹을 틔우는 씨앗이라고
스스로 정의가 내려질 때
불평의 말문은 하얀 거품처럼 사라져 갔다.
잦은 실수가 소금물이 되어 흐르다가
정전이 되었다. 적막이 내려앉은 바닥은
졸음의 극한이 정확하게 자리 잡은 새벽 네시
현장을 둘러싸고 있는 바깥은
치이시 않으년 다가 살 수 없는 또 다른 섬
렌턴 불빛으로 사무실에 모여 졸고 있는 여자들

젊음의 꽃밭에선
찔레꽃이었을까. 엉겅퀴였을까
왜 하필 그 남자의 아내였을까
우묵한 표정 ,고목처럼 팽팽한 허리
그 바다 어디쯤 낭만을, 노래하는 갈매기가
훠어얼, 훠어얼 날아다니고 있을 것이다.

옥자 언니

언니! 옥자 언니!
하고 부르면 내 입에선 정이 폭폭 쏟아질 것 같아.
아기 옷 만들며 살아가는 봉제공장
여기에 무엇 하러 왔느냐고 물으면
어제 왔으니까, 오늘도 왔다고 자연이 와 지더라고
말하는 올해 쉰여섯이라는 옥자 언니,
내가 쉰여섯이면 옥자언니는 예순하나 일 텐데.
옥자언니는 앞에서 앞단 스테치 때리고
나는 뒤에 앉아 리플을 달고
옥자언니!
우리의 하루가 왜 그리 긴 시간인지
아무리 하루를 알뜰하게 딸그락거린다 해도
그 시간들을 잡아넣을 수 있는 빈 그릇이 없음이여!
그래서 어제도 오고 오늘도 와서 드르륵거리지.
우리가 밟아대지 않으면 벽에 걸린 시계는 멈출지도
몰라.

우리가 꾹꾹 눌러 박아 하루를 보내는지도 몰라
알뜰하게 노동을 붙잡고 있으면 그냥 하루가 든든하지
우리가 날마다 이런 일을 하고 사는지 모른다고 투덜
대면
배웠으니까 하지, 남 주지 못해서 하지.
옳은 말만 똑똑 해대는 옥자언니
퇴근이 되면 옥자언니! 집에 가자고 불러대면
내가 여기서 살까 봐? 걱정하느냐고 대꾸하는 옥자언니
오늘 왔던 자리 내일 또 와서 앉아야지. 마음먹고
집으로 향하는 여자, 여자들
밟지 않으면 흘러가지 않은 우리들의 일상
오늘도 붙들어 보세, 신성한 우리들의 노동을

자전거포에 내려앉은 가을

아주 오래전부터 거기 자전거포에는
키 작은 노인이 자전거를 수리 하고 있었다.
고장 난 자전거를 옆으로 세우고 쳇바퀴를
이리저리 돌려가며 들여다본다.
노인의 눈동자가 야리하게 작아진다.
쭉 늘어놓은 새로 나온 자전거
아무렇게나 세워 놓은 낡은 자전거
그 옆에 피어 있는 국화 화분들
나뭇잎이 바람 따라 날아간다.
노인의 흰 머리가 흔들린다.
햇-살도 따갑게 내리쬐는 자전거포
삶도 낡은 것으로 변해가는 것을
새 자전거가 낡은 자전거로 변해가듯
피었다 떨어지고 왔다가 가는 것을

어쩜, 삶이란
쳇바퀴처럼 복잡한 것 같지만
굴러가는 것을 보면
아주 단순한 것인 것을
바람은 하얀 국화에게만 머물지 않다는 것을
노인의 흰 머리가 생애 가을인 것을

저무는 봄날에

그 꽃잎 떠내려 간 곳 묻지 마라.
시들어 버린 나도 서글프다.
이미 떠내려 간 꽃 나한테 묻지 마라.
기다린 봄 애닯지만
가버린 봄 서럽잖냐.
돌심장, 그 가시내 시집도 잘 갔다더라.
깍쟁이같이 예쁘긴 했지.
심장만 두근대는 나보다 예뻤지.
꽃 이바지 한창인 봄날에
빗방울 잎사귀 튕기면 찾아 올만도 한데
잊어버리거든 그냥 싹 잊어버리라고
백여시같은 그 가시내 잘 산다더라.
꽃바람 흩날리며
이제는 떠내려간 꽃잎 묻지 마라.
저무는 이 봄날에
네 맘이나 내 맘이나 똑같지 않겠냐?
다 부질 없는 것이라는 것을

전라도 말

전라도 말에는 평화가 있다.
그런다니! 라는 말에 긍정의 힘을 붙여
긍가! 두 글자로 함축해 버린 평화
받침 자에 동그라미 하나를 바꾸면
전라도 말에는 정다움이 있다.
있다, 없다, 라는 서술어를
있땅께, 없땅께로 표현하는 전라도만의 표현 방식
입속에서 마치 정이 마구 마구 쏟아질 것 같다.
전라도 말에는 사랑이 있다.
우리 창옥이는 누굴 닮아서 고로코롬 말을 잘 항가,
그야, 엄마 닮았제---- 했다던 김창옥 교수의 말에
그랑가! 로 답을 했다던 그의 어머니.
모난 것들을 마냥 동그랗게 만들어 버리고
세상살이 둥글둥글 살아가라는 것이겠지.
하려는지. 마려는 ,는 할랑가, 말랑가
사느냐, 마느냐는 상가 망가

입모양처럼 인생도 둥글게 살아가라는 말
평화, 정다움, 사랑, 이 단어에
동그라미가 있는 것처럼
모나지 않게 살아가는 전라도 만의 표현 방식.
전라도에서 오십년 넘게 살았음시롱
이것을 이제야 알아부렀네.
김창옥 교수의 강의를 시청하면서

정말 친한 친구

재봉틀 옆에 가만히 앉았던 쪽가위
금방 사라졌다. 분명히 있었는데
발도 안 달린 것이 어디로 갔을까?
쪽가위 없이는 아무것도 할 수 없는데
어디 갔지? 어디 갔지?
마음이 먼저 허둥댄다.
쪽가위가 없어졌다는 것은
머리에서 혼이 나갔다는 것이다.
의자 밑을 쳐다봐도
여기저기 둘러봐도
눈을 가려버린 그 놈의 쪽가위
날 두고 어디 갔을까? 누가 내 쪽 가위 본 사람
없나?
모양새와 생김새는 달라도
우리 서로 잘 어우러져야 하루를 즐겁게 살아나가지.

중년 여자가 된 소녀

아! 창가에 나뭇잎이 물들어 가는 날
거실 바닥으로 톡톡 뛰어다니는 외로움 귀 끝에
칵칵거리며 울리는 전화선 너머에서 내 이름을 찾는
동창생
가만있어뵈라, 중학교 졸업한 지 몇 년이지, 반갑다!
전화선은 마흔의 대목에서 즐거운 시절을 끌어당겼지.

아! 복숭아처럼 익어 가던 날
잔털 보송보송 몸에서 자라고 있는 줄 모르고
사소한 것들에 토르르 헤픈 웃음을 굴러 내면
입 안 가득 통통 뛰어나오던 빨간 복숭아 향기
온몸으로 퍼지는 열기 초승달 손톱 밑에라도 감추려고
애를 쓰면
몸살을 앓은 가슴은 꽃대궁처럼 꼿꼿했었지.

아! 가을날처럼 단풍이 들어가던 날

나뭇잎처럼 흩어졌던 끈들이 모여 얘! 똑같다. 하나도
안 변했네.

참말 같은 거짓말로 반기는 낯설면서 낯익은 얼굴들

털복숭아 같은 자식들 키우고 있는 엄마가 된

우리들의 단발머리 고향은 한 시절을 같이 했던 너희
들이었구나.

헝클어질 대로 헝클어진 생의 타래에 딱 달라붙어

꼿꼿했던 자존심은 간데없고

세월은 슬픔의 몸이 된 소녀들을 마흔 대열로 밀어 버
렸구나.

잘 가, 잘 살아.

손 흔들며 투정하듯 웃을 때 살짝 옛날 그때가 보이는
얼굴

아! 삶의 굵은 부분에서 중년 여자가 되어버린 소녀,
소녀여

지천명 봄날에

예쁜 것이라고는 하나도 없는 지천명 봄날에
정겹게 불러주는 중학교 동창생 성임이 그 가시내!
귓속에서는 하루 종일
단발머리 봄꽃이 피었다가 사라졌다가

삼십년이 넘도록 너의 이름 지우고
헉헉대며 오르던 계단
너와 내가 그렇게 쉬운 사이였던가?
수많은 날 속에 너의 이름 간단하게 잊고 살았다니

콧날을 오똑하게 세우고 살았더라도
온갖 권위를 팽팽하게 주름 잡았더라도

그것들을 다 벗어놓고 내려놓고
정 묻혀 불러주는 너의 편한 목소리

입가에 알토란 같이
정 달아 놓고 불러주는 나의 이름

너와 나는 쉬운 사이였나!
쉽게 정들여 놓고
어느 시절에 간편하게 잊어버리고
고운 것이라고는 하나도 없는 오십 고개 마루에
바람 들고 송송 구멍 뚫린 내 가슴에
봄꽃처럼 찾아와 헤진 마음 꽃순처럼 피어나게 하다니
성임아! 가시내야!
난 네가 좋다. 무조건 좋다. 너는 나의 공짜다.

지천명 세 번째 봄 언덕에서

내 생의 뒷모습을 비춰주는 거울은
어디에 걸려 있을까?
찾아 헤매다가 여기까지 와 버렸다.

꽃바람에 치맛자락 펄럭이다가
달빛이 속삭이는 골목에서 내 마음 비추다가
빈 술잔에 그렁그렁 눈물 쏟아내다가
세상의 무지함에 배신만 당했다.

아이 낳아 키우면서
내 뒤쪽의 거울은 잊어 버렸다.
사는 것이 사는 것 같지 않을 때
뒤쪽의 거울일랑 아예 존재하지 않았다.

막막한 생의 벌판을 힘겹게 건널 때 쯤
한 번쯤 얼굴 봐야 되지 않겠느냐고

잊었던 학창 시절의
먼먼 인연의 끈을 팽팽하게 당겨주던 그 이름들

삼천리 방방곡곡에
꼭꼭 숨었다가 이제야 나타난 것이다.
그 시절, 그 얼굴이 보인다고 숨박꼭질 하듯 찾아내며

아! 다시 봄날인거야, 농익은 봄날인거야.
찔레꽃을 보거라. 향기롭지 않니?
장미꽃을 보거라. 아름답지 않니?
웃음꽃 피우며 숨은 매력을 발산 할 때

그래, 내 뒷모습의 거울은 동창생들이
푸르고 투명하게 달고 있었던 거야.

지천명도

오랜 벗으로부터 소식이 날아 왔다.
지천명을 걸어가는데도
길은 언제나 외로움이더라고

불혹의 흔들림을 여차저차 건너고
아기자기한 살림살이들과
사소함으로 아귀다툼을 위험천만하게 넘기고
땀방울 뚝뚝 쏟아 낸 다음에야
뭐든 어리석음으로 출렁거렸던 시절 지나고
고만고만한 언덕을 비틀거리며 넘어 설 때
향긋한 개똥쑥 한웅큼 웅크리고 있더라고,

산다는 것은 하나의 섬이다.
모든 것 참고 견디며 홀로 버티고 있는 섬
어디에서라도 공짜가 버티고 있는 것은 아니란 것이다.

장미같이 우아한 여자가 아니라서
한결 가벼운 지천명 나이에
새로울 것 하나 없다 해도, 그냥 일상일 뿐이어도
또 다른 나이를 향해 섬 하나를 만드는 것이다.

다정스런 눈길로 또 다른 벗을 만들고
그 벗 옆에 또 그 벗 옆에 따스한 시간을 만나고
더 이상 큰 짐을 짊어지지 않겠노라고
너무 큰 욕심은 병이 되리니
서로 위로하고 존중하며 동반해도 좋을 벗
더 크게 한 없이 맑게
벗의 눈빛을 받으며 그 벗 곁에 서서
밝고 곱게 지천명을 걸어가고 싶음이다.

진짜 사랑

아무나 만나고
아무에게나 이야기 했다면
서럽게 울지 않으리.

아무렇지 않게 행동하고
아무렇게나 사랑했다면
이토록 신비하게 피지 않으리.

그대와 나
저! 자귀나무 꽃 위에서
지인짜로 딱- 하룻밤만
알몸뚱이로 뒹굴어 봤으면

질투

그 가시내랑 꽃 핀 이야기
뭣땀시 나한테 말을 한다요.

꽃이 원체 많아서 고를 줄 알았제.
그 불여시가 꼬시니께
금방 넘어 갔음시롱
나도 뿌리 없는 나무는 별로여!

이파리에 숨긴 꽃
못 본 척 할 때는 언제고

그 꽃잎 떨구고 꽃 시든 자리에
나랑 꽃피고 싶었다는 말
안 듣는 이만 못 하제.

보낸 꽃잎이랑 시든 꽃잎이랑
괴롭기는 매한가지인데

그 가시내랑 꽃 떨어진 사연
어찌 이리 고소할꼬!

짝 사랑

그대가 절반 웃으면
나는 한 계단 올라가고

내가 절반 웃으면
그대가 한 계단 내려가고

내가 화--하고 웃어 봤더니
어느 새 저만큼 도망을 가 버린 그대

아! 영원히 짝이 될 수 없는 사랑아!

마주하면 즐거울 것 같은데
같이 있으면 정이 들 것 같은데

멀리 있어도 가까이 있어도
괴로운 사랑아!

천년 후에 천상에서 그대를 만난다면
꿈같은 이야기 풀어 보리라.

쩽쩽한 봄날

뽕짝처럼 밀려드는 나른한 오후 두시
형광등이 쩽쩽하게 지키고 있는 현장은
재봉틀 소리 낭창낭창 휘어지고 있구나.

재봉틀 위에 아무렇게나 떨어지는 유행가는
옛 추억 속에서 첨벙거리고
잊혀질듯 기억나는 깊은 상처는
기계 소음 속에 말려지고

지나간 이야기는 흘러간 과거일 뿐
내가 헹구어내는 현재의 시계바늘에는
도란도란, 반짝반짝, 오순도순
이야기 할 수 있는 아름다운 인사가
모락모락 피어나고
뭉게뭉게 피어나고

팽팽한 형광등아래
내 삶의 촉수를 바늘 끝에 맞추다보면
봄날은
발판과 발판 사이에서
무서우리만큼 헉헉거리며 짱짱하게 익어간다.

창밖은 봄인데

창밖은 봄인데
봄볕으로 가득한데 봉제공장은 칙칙하다.
우리에게 그늘이 없으니 하루 종일 침침하다.
나의 뿌리가 어딘지, 알 수 없는 딱딱한 지루함이
한껏 부풀어 올라 뻣뻣하게 앉아 있는 나른함으로 남
아 있을 뿐
봄볕이 환한 창안은 어둡다.
노랗고 따뜻하게 퍼지는 창밖은 화려하다.
세상의 모든 화려함이 우리 현장에도 한 번 찾아왔으면,
어두운 현장을 밝힐 수 있는 것은
우리 여자들뿐인가?
그래서 우리는 여기, 여기가 좋다.

봄이 다 가도록 참새 한 마리 햇살 한 조각 물고 와선
젊음의 한 시절을 읊조리고
노루발 틈에서 생겨난 우울함을
퇴근처럼 벗어들고서 나비처럼 날아가자. 오래전에 여
기를
스쳐 간 여자들이 그러했듯이
여기 오래 남아 따뜻한 체온을 다듬어
천천히, 천천히 봄볕을 맞으러 가자,

첫 사랑이기에

사랑이여!
지금쯤 무얼 하고 있는지
봉숭아꽃이 붉그레이 피어 있듯이
내 마음 그대 곁에 피어 있나니

푸른 하늘이 아스라이 멀리 있듯이
그대 눈동자 멀리 있나니

사랑이여!
지금은 나의 사랑이 아니기에
맨 먼저 빼앗긴 나의 마음이기에
설레이는 그 이름 불러보고 있나니

텅 빈 농가에서

기다린 세월은 그을음으로만 남아
이렇게 늙어 버렸는지
떠난 주인이 그리워 문짝은 한쪽으로 기울고
미련을 버린 빈집에 걸린 시계에는
꿈같은 시간이 멈추어 있고
외로움으로 시달린 확 독에는
철없는 풀들이 가슴을 죄는데
뜻 모를 쥐 한 마리 아궁이를 들고 난다.
어쩌다 바람이라도 불면
사립문을 열고 들어 올 것 같은 인정의 발자국
아이야!
내년에도 이 마당에 들어설까
미련이 남아 돌아서는데
산꼭대기에 걸린 구름이 나를 보고 웃네.

팔복동을 지나며

팔복동을 지나가다 보았네.
병든 사람처럼 폐쇄된 봉제공장은
주인 떠난 빈집처럼 뼈골만 흉흉한 채
힘들게 버티고 있어
한 시절 팔복동을 떠들썩하게 했던 공장.
산촌에서 돈 벌겠다고 모여든 열 몇 살 소녀들
낮에는 재봉틀 돌리고
밤에는 야간 여상을 다니던 소녀들
다 어디로 갔을까?
80년대를 같이 보냈던 그 아가씨들
바늘구멍만 쳐다보며 살다가
밀레니엄에 놀란 가슴

베트남이다. 인도네시아로 밀려난 봉제공장
늑골처럼 웅숭웅숭 뼈만 남은 채 옛날을 추억하듯
그 곳에서 잔뼈가 굵어졌던 여자들, 다 어디로 갔을까
드륵, 드륵 팔복동을 주름 잡던 재봉틀 소리
오빠, 동생 학비를 보태주던
그 고운 손길, 지금은 어디에서 사랑을 쏟으며 살아살까
팔복동을 지나 갈 때마다
80년대 재봉틀 소리 궁금해
전화기를 들고 걸리지 않는 번호를 눌러보네.

하지 무렵

비온 뒤, 마당가 쇠비름
햇빛에 고운 몸매 눈부시다.
늙은 담벼락에 기대선 낡은 싸리비
툭, 건드리면 바스러질 듯
씨앗을 심기에는 힘이 부치는
일손을 놔 버린 고령의 농부

청춘은 한바탕 꽃 잔치로 흘러가고
쟁기 날로 뒤엎었던 논과 밭
씨 뿌릴 때를 놓쳐버리고
청춘의 꽃무늬를 그리는 눈망울

부지깽이도 한 몫 하던
오뉴월도 이제 묵은 논밭이다.
살아 있는 날을 꾹꾹 눌러 젖은 흙을
굽은 손으로 긁어 북돋으면
마당가, 쇠비름 글썽이는 눈매사이로
바람 따라 춤을 춘다. 여름이 왔다고

호미 한 자루

우리 할머니처럼 등이 굽어 있는
호미 한 자루
고향집 헛간 처마 밑에 한가로이 걸려 있다.
저 호미로 꼬들빼기 캐어 내 털신 사 오시고
저 호미로 고추 농사지어 내 한약 지어오시던
우리 할머니
할머니랑 같이 밭을 매다가 하기 싫다고 투정 부리면
본래 사람은
눈은 게으르고 손은 부지런 하다고
풀뿌리 뽑아내야 곡식을 걷을 수 있다고
호미자루로 밭이랑 토실토실 북돋아 주시던
우리 할머니
여름 날, 긴긴 하루를 콩밭으로, 고추밭으로
등허리 허옇게 벗겨지도록 호미자루 놓지 않으시던
그 세월

어떻게 잊고 이승을 떠나셨을까

우리 할머니의 친구이자 큰 일꾼이었던

낡은 호미 한 자루

등이 굽어 있는 걸 보니 할머니 닮은 듯하여

쳐다보고 만져보고 눈시울이 붉어졌다.

고향집 헛간 처마 밑에서 할머니를 기다리는 양

걸려 있는 낡은 호미 한 자루

어느새 나도 저 호미를 닮아가고 있는 듯하다.

호박

콩밭 언저리 풀푸덕! 주저앉은 호박 덩어리
부처님 콧김인지 참선 중이다.
우는 듯 슬픈 듯 알 수 없는 표정이
내 어머니 같다.
된서리 내리도록 침묵 잡는 늙은 호박
가슴을 펼치자
어머니가 나를 품었던 것처럼
딸이 내 씨앗인것처럼
비밀을 들킨 듯 꼿꼿하게 박힌 씨앗들

남아선호사상이 혹독하던 시절
호박죽이 먹고 싶어도 꾹 참았다는데
행여 딸 낳을까 봐, 조마조마했다는데
유감스럽게 나는 호박을 닮은 딸이었다.

눈물과 한숨으로 범벅이 된 내 어머니의 딸
호박을 닮았지만, 둥글둥글 참선하면서
막판에 씨앗 하나 만들고 싶음이었다.
씨앗이란, 땅의 배꼽을 꼭 쥐고 버티다가
나를 닮은 유전자를 전파하는 것이다.

펼쳐진 가슴 한 자락씩 빨랫줄에 널자
늦가을 볕이 한나절 노닐다 가고 다음 생의 씨앗들
널빤지에 올망졸망 모여 앉아
햇살이 땅을 뚫고 쟁기질하는 봄을 기다리고 있다.

황야의 간이역

바늘아!
어디만큼 가고 있니?
살구꽃이 피던 시절
가난의 문을 벗어나기 위해 그대 곁에 죽자 살자, 매달
렸지.
기숙사에 스며든 달빛 목젖을 움직였고
너의 옆에서 닳고 닳은 물관을 끌어당기며
손 떨리게 세월을 보냈건만
바늘아! 우리는 종착역을 모르고 떠나고 있구나.

어디만큼 가고 있는 것일까?
목마름도 없이 달려가는 너의 곁에서
페달을 밟으며 채찍하는 까마귀 같은 여자

피곤이 따순 쌀밥처럼 몰려와도
부자들이 사는 마을엔 얼씬 못하고
마굿간 같은 공장에서 재봉틀을 신으로 모신 여자가
너의 귀에 송사를 붙들면
꽃삽 같은 기쁨이 머물다가는 우리 집에는
아이들이 알몸으로 누워 즐겁게 노래하고
눈물로 익은 하늘 아래 우리는 어디만큼 가고 있겠지.

바늘아!
다리를 절룩거리는 것은 오류일지도 몰라.
처음 내딛는 발자국부터 실밥이 너덜거려선 안 되지.
우리가 흘린 땀방울이 부자로 가는 나라에 수출되고
있을지 몰라.
아직 옷을 입지 않는 나라에 희망처럼 펄럭이는 표지
판이 있을지 몰라.

바늘아!
가자! 너와 내가 가는 길
너의 심장에 꽃같이 뜨거운 소리
먼지처럼 공중에 날아다녀도
너의 몸에 눈뜨고 잎 틔우며
즐겁게 노래하는 약속의 땅으로

치자나무에 꽃 피던 날

인쇄일	2024년 7월 10일
발행일	2024년 7월 15일
저 자	신영순
발행처	뱅크북
신고번호	제2017-000055호
주 소	서울시 금천구 가산동 시흥대로 123 다길
전 화	(02) 866-9410
팩 스	(02) 855-9411
이메일	san2315@naver.com